KB076331

공부하는 사람, 이현옥

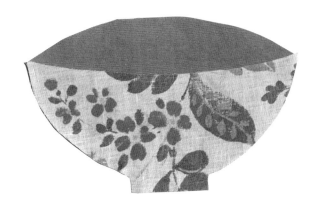

공부하는 사람, 이현옥

앎이 볕처럼 스며들던
시간에 관한 기록

이현옥 지음

천년의상상

철학자 이현옥의 탄생

『공부하는 사람 이현옥』을 읽을 때 칸트의 책에 등장하는 한 학자와 그의 아내가 떠올랐다. 책에 파묻혀 있던 학자에게 하인이 뛰어와 어느 방에 불이 났노라고 외쳤다. 그때 학자는 이렇게 답한다. "자네도 알다시피 그런 일은 아내 소관일세." 칸트는 지성이 없거나 그 사용에 한계가 있는 자들의 권리 제한 문제를 다루면서 이 이야기를 꺼냈다. 그에 따르면, 여성은 나이와 상관없이 시민적으로 미성숙한 자이다. 철학은 공론장에서 감히 따져 묻는 용기를 필요로 하지만, 그리고 우리는 이성을 공적으로 사용하는 용기를 통해서만 성숙한 시민이 되지만 여성에게는 이것이 허용되지 않는다. 칸트에 따르면 여성은 사적 영역, 가사 영역에서만 성숙하고 거기서 지배력을 행사한다. 그래서 남편인 학자는 아무렇지도 않게, 가사(家事)에 미성숙한 것이 당연한 것인 양 하인에게 말했던 것이다. 집안일은 아내 소관이라고.

이 책의 저자 이현옥은 오랫동안 집 안 여기저기에 난 불을 끄고 다녔던 사람이다. 도대체 아이들에게는 뭘 해 먹여야 하는지, 살림은, 특히 돈 문제는 어떻게 해야 하는지, 자신과는 너무나 다른 남편을 어떻게 대해야 하는지. '리얼 마더'로서 그는 '아내 소관'이라는 불 끄기에 수십 년을 바친 주부였다.

그런 그가 질문을 던졌다. "나는 죽을 때까지 이런 부자유 속에서 불편을 느끼며 살다가 죽어야만 하는 것일까?" 대단한 인간, 폼 나는 인간으로 살고 싶은 생각은 없지만, 적어도 '좋은 삶'이란 게 뭔지 알고 싶고, 그것을 위해 살고 싶다는 생각이 찾아들었다. 어떻게 살아야 하는지 알기 위해 그는 책을 읽고 사람들을 찾아다녔다. 서재에 파묻혀 있는 학자가 추상에서 추상으로 나아갈 때, 그는 절실한 문제를 붙들고 마치 일수 노트를 적듯이 그날 배운 것을 적었고, 여전히 풀리지 않은 것을 적었고, 새로 생겨난 물음들을 적었다. 인류가 어디서 와서 어디로 가는지는 묻지 않았다. 나는 왜 이 모양이고, 아이는 어떻게 키워야 하며, 남편은 어떻게 대해야 하는지에서 시작했다. 때로는 새로 무언가를 알게 된 희열에 몸을 떨었지만 그런 앎에도 불구하고 삶의 변화가 나타나지 않은 것도 냉철하게 적었다. 그렇게 그는 지난 몇 년을 걸어왔다.

이 책은 이현옥의 공부 기록이다. 책의 모든 페이지에서 그는 멈추지 않고 걷는다. 책의 끝에 이르러도 문제들은 남는다. 하지만 독자들은 어느덧 자기 삶의 주인이 되는 길을 물었던 사람이 "나를 중심으로 돌아가는 세상에 대한 공감"이 아니라 "나를 포함한 세상에 대한 인식"을 열망하는 것을 볼 것이다. 그리고 갑자기 닥친 치명적 질병 앞에서 그가 얼마나 꿋꿋하게 자신의 삶을 꾸려가는지도 볼 것이다. 그뿐 아니라 자기 삶의 가치가 어디에 있느냐고 물었던 사람이 자신의 공부를 다른 이들, 특히 이 사회에서 존재 가치를 부인당해온 다른 이들과 엮어가는 모습도 볼 것이다.

이현옥은 서재에서 책에 파묻혀 지낼 수 있는 사람이 아니었다. 그는 서재의 철학자가 집구석에 난 불이나 끄라고 말했던 사람이다. 이현옥은 서재의 그들처럼 박식하지 않고 그들이 가진 자격증도 갖고 있지 않다. 하지만 그에게 '좋은 삶'에 대한 물음은 그들 못지않게, 아니 그들보다 절실했다.

나는 묻고 싶다. 철학자란 무엇인가. 철학자란 애초에 박식한 사람을 가리키는 말이 아니었다. 철학자란 그리스어로 '앎을 사랑하는 사람'이다. 진리에 이른 사람이 아니라 진리에 대한 사랑에 빠진 사람이라고 할 수 있다. 진리를 안다고 자처하는 사람, 지식이 많다고 자랑하는 사람은 진리와의 연애가 끝나버린 사람이다.

그 옛날 소크라테스가 했던 일은 진리에 대한, 사람들의 잠들어 있는 연애 감각을 깨우는 것이었다. 공부에 대한 열의, 배움에 대한 열의를 불러일으키는 것 말이다. 철학을 한다는 것, 그것은 공부를 멈추지 않는 것이다. 철학자란 계속해서 배움의 길을 걷는 사람, 즉 학인을 가리키는 말이다.

늦은 나이에 걷기 시작한 공부길에서 "꽃길만 걷는 삶이 '좋은 삶'은 아닌 것처럼, '재미있다'와 '어렵고 힘들다'도 상반된 것이 아니"라는 걸 "죽기 전에 알게 되어 다행"이라고 말하는 사람, 이현옥을 뭐라고 불러야 할까. 내가 이 책에서 본 것은 공부하는 사람 이현옥, 철학자 이현옥이었다.

고병권(노들장애학궁리소 연구원)

　저의 이름자 앞에 붙어 있는 '공부하는 사람'이라는 수식어가 여전히 민망하고 부담스럽습니다. 많이 공부한 사람, 지금도 열심히 공부하는 사람이 차고 넘치는 세상에서, 학교도 건성으로 다니고 대학원은 갈 생각도 안 해봤으며 자격증 한 장 없는 내가 과연 '공부하는 사람'이라 할 수 있을까.

　그럼에도 불구하고 제가 '공부하는 사람, 이현옥'이라는 이 책의 제목을 받아들이기로 한 것은 '공부'라는 것에 대해 어릴 때부터 간직해온 이미지 때문입니다. 진학이나 취업 혹은 자격증 취득을 목적으로 하는 살아가기 위한 수단으로서의 공부 이전에, '사는 법'을 배우는 것으로서의 공부, 고리타분해 보이지만 제게는 그게 '공부'의 영원한 이미지였거든요.

바로 그런 의미에서, 어떻게 살아야 좋을지 몰라 평생을 쩔쩔매며 살았던 한 사람이 나이 오십이 되어 그 방법을 배워보겠다고 나선 길에 감히 '공부'라는 이름을 붙여도 괜찮지 않을까 싶었습니다.

'이 몸과 이 마음은 분명히 내게 속해 있는 소유물 같은데, 어째서 내 뜻대로 움직일 수가 없는 것일까?'

생각해보면 저는 사춘기 무렵부터 이런 의문을 품어왔던 것 같습니다. 똑똑하거나 잘나서가 아니고, 오히려 정반대로 제 자신이 의지박약이라는 것을 일찍이 알았기 때문입니다. 마땅히 해야 할 일도 하고 싶지가 않고, 해야 한다고 마음을 먹어도 하게 되지 않는 일이 많다 보니 스스로도 지치고 괴로워진 나머지 생긴 질문이었으니까요.

'이 몸과 이 마음이 내 것이 맞는다면 어째서 내 뜻대로 움직일 수 없는 것일까. 만약 내게 붙어 있긴 하지만 내가 그것을 움직일 수 없다면, 나를 움직이는 힘은 어디에서 오는 것일까.'

제 생각에는 이걸 먼저 알아야 어떻게 살아갈지, 좋은 삶이란 어떤 것인지도 알 수 있을 것 같았습니다. 그런 걸 배우는 게 제가 그려온 공부의 이미지였고, 그 '사는 법'을 학교에서 배울 수 있지 않을까 했었거든요.

아무튼지 저는 헤엄치는 법도 모르는 채로 물속에 던져진 아이 꼴로, 이제 와 생각하면 정말이지 무력하고 어리석고 위태로운 모습으로 가까스로 삶을 부지해온 듯합니다. 그 와중에 무슨 복인지 네 아이 엄마가 되어 '나도 다 못 큰 처지에 어떻게 아이를 넷이나 키울까'를 다시 고민하지 않을 수 없었고, 내 힘으로는 도저히 어찌해볼 수 없는 문제들에 등 떠밀려 결국 학교 밖 공부의 길에 이르게 되었습니다. 죽기 살기로 열심히 공부했다고는 말 못하지만 그래도 쉬지 않고 공부하고 밥하면서 산 지가 어느새 13년. 이 글은 '어떻게 살아야 좋을까'에 관한 소소한 질문들과, 그 질문들을 풀어가는 과정으로서 저의 공부 여정에 관한 이야기입니다.

그래서, 자격증도 돈도 안 생기는 공부를 해보니 뭐가 그리 좋더냐고 물으신다면 이제는 이렇게 대답할 수 있습니다. "저는 스스로 강해졌고 가벼워졌으며 명랑해졌다는 걸 알고 느낍니다. 암이 재발할지 모른다는 두려움이나 아직 자리를 잡지 못한 아이들의 미래에 대한 불안감, 돈에 대한 결핍감도 거의 사라졌고요. 컵이 와장창 깨져서 사방으로 유리조각이 튀었을 때 혹은 말끔히 청소한 집 안이 어질러졌을 때도 예전처럼 짜증이 나지 않고, 무엇보다 한숨을 쉬면서 '지겹다'라고 중얼거리는 버릇이 완전히 없어졌습니다. 해야 할 일을 나중으로 미루지 않게 되었고, 억지로 하는 일도 없어졌으며, 귀찮다는 느낌이 들지 않아서 좋습니다. 늙긴 했어도 몸은 예전보다 건강해졌고요, 마음에도 근육이 붙어 살림하고 공부하는 일도 점점 더 잘해내고 있답니다!" 써놓고 보니 '자랑질' 같지만 제가 진짜 하고 싶은 말은 이겁니다. 공부하길 진짜 잘했다는 것!

2024년 1월

이현옥

1. 내 몸도 내 마음도 내 것이 아닌 것 같아서

2. 공부 말고는 방법이 없군요

1.

내
몸도

내
마음도

내 것이 아닌 것 같아서

나는
왜
이 모양인가

학교 공부가 평생을 안전하게 살기 위한 보험이라는 걸 나는 꽤 일찍 알았다. 나야말로 그런 보험이 딱 필요한 처지였으니까. 내가 고등학생일 무렵까지 우리 식구들은 단칸방을 벗어나지 못하고 있었다. 술과 노름 같은 건 일절 모르고 살던 아버지가 오죽하면 월요일 아침에 자식들에게 줄 차비를 벌겠다고 밤을 새워 고스톱을 치곤 하셨을까. 그만큼 절박했던 것이다.

나는 아래로 동생이 셋인 맏딸이었다. 한글을 일찍 깨우쳐 초등학교 때 반짝 사람들 눈에 띄었던 덕에 부모님은 물론 주위 어른들 모두 내가 든든한 보험이 되어주리라 굳게 믿고 있었으니, 열심히 공부해야 할 이유가 이것 말고 또 있었을까? 물론 나 역시 그 임무를 잘 완수하고 싶었다. 열심히 공부해 좋은 대학에 들어가 번듯한 사람이 되어 방이 두 칸이라도 있는 집으로 이사해 부모님의 무거운 짐을 덜어드리고 싶은 마음이 정말이지 굴뚝같았는데, 유감스럽게도 그런 의무감이 공부에 대한 강한 의지로까지 연결되지는 않았다.

변명을 해보자면 내 머리통은 늘 너무나 현실적이고 구체적인 문제로 가득 차 있었다. 애초부터 어려웠던 집안 형편이 갈수록 더 나빠지고 있었으므로 대학을 갈 수나 있는지가 우선 불투명했다. 주변의 어른들을 봐도 죄다 힘들어 보이거나 시시해 보였고, 학교 선생님마저 그저 직업인으로 보일 뿐이었다. 어디에도 닮고 싶은, 저렇게 살고 싶다 하는 어른이 없었다.

어떻게 사는 게 좋을지 감을 잡을 수 없었다. 딱히 뭐가 되고 싶은지도 모르겠고, 뭐가 된다는 게 뭘 의미하는지도, 또 '뭐가 되는 것'과 '잘 사는 것'이 어떤 상관이 있는지도 모르겠고, 다만 '잘 사는 것'이 '잘 먹고 잘사는 것'과 다르다는 정도는 알았던 것 같다.

모든 게 뒤죽박죽에 하루하루가 문제였으므로 아직 닥치지 않은 앞날을 생각하며 지금을 참고 공부에 매진할 인내심이 솔직히 그때는 없었다. 이런저런 책들을 닥치는 대로 읽고 푸념에 가까운 일기를 쓰다가 잠 드는 날이 많았고 시험 때나 며칠 벼락치기 공부를 했으니 좋은 성적을 낼 수 없었던 건 당연했다. 예상대로 나는 입시에 실패했다.

그러나 돌이켜 생각해보면 이 시절이 내 인생에 치명적이었던 건 입시 공부에 실패했기 때문이 아니라, 이 시기를 거치는 동안 내가 스스로를 믿지 못하게 되었다는 점에 있지 않을까 싶다. 힘들게 사는 부모님을 볼 때마다 양심의 가책을 느끼면서, 어떻게든 만회를 해보려고 공부 계획표를 새로 짜곤 했는데, 지켜지지 못한 계획표를 떼어내고 새것을 붙이는 횟수가 늘어나면서 새것도 결국 지켜지지 않으리라는 걸 알게 된 거다.

나는 왜 이 모양인가? 자신의 의지로 자신의 신체를 움직일 수 없는 '의지박약아'라는 것을 인정해야만 하는 한심한 상황, 자신을 스스로 부정할 수밖에 없는 처지가 너무나 비참하게 느껴져 이때부터 생각이 많아졌다. 다들 의지만 강하면 못할 게 없다고들 말하는데 나는 그놈의 '의지'를 도무지 자유롭게 사용할 수가 없으니 이 신체는 나에게 붙어 있기는 하지만 내 것이 아닌 것만 같았다.

그렇지만 또 한편 이런 생각도 든다. '너는 의지가 약한 인간이야'라는 말만으로는 내게 일어난 일이 다 설명되지 않는데, 왜냐하면 나에게도 그 '의지'라는 게 아예 없지는 않기 때문이다.

갖고 싶은 걸 사려면 차비를 아껴야 했고, 그래서 너무 춥거나 너무 더운 날에도 학교까지 꽤 먼 길을 걸어가는 의지를 발휘했다. 어렵고 힘든 일이라도 기꺼이 몸이 움직여지는 때도 있었다는 이야기다.

처음엔 이런 생각이 단순히 나를 합리화하기 위한 억지인 줄 알았는데 생각해볼수록 아닌 것 같았다. 싫은 사람 앞에서 아무렇지 않은 척하려고 아무리 마음을 먹어도 표정을 숨길 수 없고, 마음속 생각은 사실 내가 떠올리기도 전에 저절로 생겨나지 않던가. 당시의 내 상황이 부모님 잘못이 아니라는 걸 알면서도 나도 모르게 올라오는 짜증이나 화도 내 의지로 어찌해볼 도리가 없는 것 중 하나가 아닌가.

그렇다면 분명히 이 의지를 발동시키고, 나를 이러저러한 모습으로 결정하는 어떤 이치가 있지 않을까? 대체 어떤 이유로 내 의지가 경우에 따라 다르게 관철되는지, 어떤 이유에서 현재 나는 이 모습이 되었고 지금 이렇게 살고 있는지 알 수 있다면 나도 이 의지박약의 상태를 벗고 다르게 살 수 있지 않을까. 가전제품 사용법을 잘 숙지하고 나면 그 제품을 100퍼센트로 활용할 수 있듯 '나'라는 사람이 어떤 이치에 의해 이런 생각과 말과 행동으로 결정되는지, 그런 것들이 내 '의지'와 어떤 관계가 있는지를 이해할 수만 있다면, 했어야만 했는데 하지 못한 일을 후회하며 스스로를 낙인찍는 못난이 말고 나 자신을 굳세게 신뢰하는 사람으로 당당히 살 수 있을 것 같았다.

20대, 30대, 40대를 거치는 동안 사라지지 않고 내 안에서 맴돌던 질문, 하지만 해결의 단서를 찾을 수 없었던 이 질문은, 50대에 공부를 시작하고 스피노자를 만나면서 비로소 길을 찾았다.

'좋은 삶'이란
어떤
모양?

　요새 젊은이들은 결혼에 대해서나 아이를 낳는 일에 대해서나 생각이 많아 보이는데 나는 정말이지 아무 생각이 없었다. 하긴 그랬으니 겁도 없이 아이 넷을 낳았을 거다. 살면서 뭘 몰라 저지른 일이 여럿인데, 그중 가장 큰 일이 아이를 넷 낳은 일이다.

　부끄럽지만, 스물일곱에 딸을 낳아 옆에 뉘어놓고 나서야 '대체 어떤 부모가 되어야 하는 걸까' 하는 생각을 처음으로 해봤다. 근데 이게 생각할수록 꼬이는 문제였다. 답을 구하기도 쉽지 않지만 설사 이러저러한 부모가 좋은 부모라는 걸 알게 된다 해도 과연 내가 그렇게 할 수 있으리라 장담을 할 수 있을까 싶었다. 어릴 때 일찌감치 깨달았듯 내 몸을 내 의지대로 움직일 수가 없는데 말이다.

그보다 더 큰 문제는 아이가 어떤 사람으로 크기를 바라는지 나도 잘 모른다는 거였다. "이현옥, 너는 네 자식을 어떻게 키우고 싶은데?" 몇 번을 자문해봐도 답을 낼 수 없었다. 그저 착하고 건강하게? 혹은 책임감 강하고 능력 있는 사람으로? 자유로운 사람, 행복한 사람, 제 생각이 있는 사람… 아름다운 말은 많지만, 그 추상적인 말의 내용을 속속들이 알지 않고서는 소용이 없었다. 그런 빈껍데기 같은 얘기 말고, 더 구체적인 뭔가가 있어야 하지 않을까? 생각을 하면 할수록 '좋은 삶'이라는 게 어떤 것인지를 내가 모른다면 의미가 없는 질문이었다. 뭐가 좋은 것인지를 알아야 그걸 자식에게 권할 수도 있을 테니까 말이다.

한해 한해 나이를 먹었고 책임져야 할 자식을 둔 부모가 되었다. 하지만 여전히 혼동 속에서 허우적거리는 중이었다. 20대의 내 머릿속은 당시의 혼란한 정국과 엇물려 더욱 복잡해져 있었다. 20대를 통과하며 그동안 나도 모르는 사이 내 정신에 들어와 박혀 있던 많은 것이 폐기 처분되어야 한다는 것을 알게 되었지만 내 수준은 딱 거기까지였다. 쓰레기를 치운 자리에 무엇을 채워 넣어야 할지, 기존의 것을 부정한 뒤에는 어떤 것을 새롭게 긍정해야 하는지 전혀 모르고 있었다.

마음은 늘 불공평하고 정의롭지 못한 세상과 주위의 마땅치 않은 사람들에 대한 불만으로 부글거렸는데, 그 들끓는 마음을 어떻게 처리해야 할지 알 수가 없었다. 이런 감정도 정의감이라고 할 수 있는 걸까? 스스로 물었지만 대답은 얻지 못했다. 뭐가 어떻게 해서 이렇게 되었는지를 모르니 내가 옳다는 확신을 가질 수도 없고, 나에 대한 확신이 없으니 당신들이 틀렸다고 똑바로 들이댈 수도 없었다.

세상에 대한 나의 막연한 불만이 '비판'과 어떻게 다른지도 몰랐고, 이런 불편한 감정이 어디서 무슨 이유로 생겨났는지, 내 삶에는 어떤 영향을 끼치는지도 알 수가 없었다. 다만 내 부모의 고단한 삶과 지금 나의 삶이 세상 돌아가는 꼴과 깊이 연관되어 있다는 것만은 분명히 알 수 있었지만 그 실상에 관해서는 오리무중이었다. 세상도 모르고 나도 모르며 그 관계도 모르니, 어떻게 살아야 좋은지를 어찌 알 수가 있었겠는가.

한마디로, 나 자신조차 어떻게 살아야 좋을지 모르는 상태에서 엄마가 되었다는 얘기다. 자기 자신도 다 크지 못했는데, 그런 주제에 어떻게 아이를 키울 수 있을까. 그나마 다행이라면 '내가 뭘 모른다'라는 사실 하나만은 이 시기에 제대로 알게 되었다는 것? 나도 다 못 컸고 뭘 모른다는 걸 잘 알았으므로 그나마 아이들을 키우는 동안 명령이나 잔소리를 하지 않았다. 아니, 할 수가 없었다. 우습지만 이게 엄마로서 나의 유일한 미덕이었다.

아무튼 그 산후 조리의 시기부터 나는 "좋은 삶이란 어떤 모양일까? 어떻게 해야 알 수 있을까? 그런 삶을 살아보려면 뭘 어찌해야 할까?" 같은 좀 더 구체적인 질문을 알처럼 품게 되었다. 첫아이와 더불어 찾아온 이 질문과 고민은 둘째, 셋째, 넷째 아이를 낳으며 점점 더 깊어졌다. 어떤 문제가 생길 때마다 결국 그것이 이 질문과 닿아 있다는 결론을 내리게 되었다. 즉, 뭐가 좋은지 모르니 판단과 선택이 어렵고, 마음이 시키는 대로 따른다고 해도 내 마음이 어째서 그렇게 결정되는지 모르니 확신을 갖기도 어려웠다는 것이다. 네 아이가 성인이 된 긴 시간 동안 나는 내내 이런 문제와 싸웠지만 혼자 하는 고민은 늘 제자리로 돌아왔다.

어떻게든
살아보고 싶어
품은 질문들

그래도 어찌어찌 대학을 가긴 했다. 지금 와 생각하면 그 와 중에 대학 보낼 생각을 한 부모님이 참 대단했던 거다. 그렇게 주제에 넘치는 대학에 들어갔건만, 하필 입학하던 해에 대통령 이 죽었다. 내가 태어날 때부터 대통령이던 박정희 씨가 죽고 다음 해에 광주민중항쟁이 터지는 통에, 뭣도 모르면서 선배들 따라다니느라 정신 줄 놓고 4년을 보냈고, '전혀'라고 해도 될 정 도로 학교 공부에는 손을 놓은 채 대학 시절은 끝이 나버렸다. 영어도 안 되고 자격증도 하나 없는 채로.

졸업장은 간신히 받았지만 번듯한 직장은 당연히 구할 수가 없었고 그래도 맏이 노릇은 해야 했으므로 작은 출판사를 전전하다가, 나중에는 돈을 더 벌기 위해 전집류를 판매하는 출판사에서 영업 일을 시작했다. 지인들을 일일이 찾아다니며 상당량의 아동물 전집류 책을 팔다가 나중에는 팀원들이 일선에서 책을 잘 팔아 오도록 교육하고 훈련하는 일을 10년 넘게 했다. 애초에 영업이라는 게 사고 싶지 않은 사람에게 뭔가를 팔아야 하는 일인지라 맘고생은 심했지만 그래도 돈은 좀 벌어 단칸방에서도 벗어나고 식구들도 근근이 부양할 수 있었다.

그 와중에 나는 두 번의 결혼을 하고 네 아이를 낳았다. 그간 내 대신 아이들을 키워주고 살림도 해주던 부모님은 내가 막내를 낳고 전업주부로 들어앉자 고향으로 내려가셨다. 그리하여 밥도 살림도 할 줄 모르던 나는 갑자기 네 아이의 구체적인 엄마가 되어, 지지고 볶는 긴 이야기가 다시 시작되었다.

생각해보면, 직장을 완전히 그만두고 집에 들어앉아 온전한 가정주부가 되었던 시간, 그러니까 네 아이의 엄마와 한 남자의 아내로서 맡은 역할이 내 정체성의 전부였던 30대 중반부터 40대까지의 그 시기가 내 인생에서 가장 '버라이어티'한 시절이 아니었을까 싶다. '좋고 나쁘고'를 떠나서 수많은 사건이 일어났고, 아이들은 쑥쑥 자랐으며, 그 틈새에서 어떻게든 살아보겠다고 아우성을 치던 한 여자가 있었다. 말 그대로 '카오스' 그 자체였다고나 할까.

남편은 우선 나와는 성별이 다른 사람이고, 나와 완전히 다른 환경에서 성장한 사람이다. 어쩜 이렇게 다를 수 있을까. 체질과 입맛과 감수성, 돈 쓰는 방식이나 '책임'에 대한 기준, 소통하는 방식까지 놀라울 정도로 달랐다. 완전히 다른 사람과 한 공간에서 매일매일 일상을 공유하며 살아간다는 것은 그만큼의 '사건의 발생'을 의미한다. 물론 싸우기도 많이 싸웠지만, 노골적으로 드러난 사건이 아니더라도 매일같이 내 안에서 '어떤 사건'이 발생하여 결국 당황스러움, 놀라움, 섭섭함, 답답함, 안타까움, 분노, 실망 같은 슬픔의 감정을 남겼다.

애초 이런 감정들은 상대에 대한 원망과 더불어 생겨나지만, 시간이 지날수록 문제를 풀 수 없는 자신의 무능력에 대한 슬픔으로 변해갔다. 그간 배운 공식을 끌어내 하나하나 대입해봐도 까딱 않는, 전혀 손도 대볼 수 없는 수학 문제 앞에 내던져진 것 같은 참담함 속에서 참으로 오랜 시간을 허우적거렸다. 지금은 그게 '일반적으로 사고하지 못하고 불편한 걸 참지 못하며 무슨 일이든 원인을 이해하고 싶어하는' 나의 성향에서 비롯된 문제였다는 걸 이해하게 되었지만, 그때는 그저 절망스러운 문제일 뿐이었다.

게다가 그동안 돈을 번답시고 부모님 곁에서 구경만 하던 '무늬만 엄마'에서, 네 아이의 '진짜 엄마'로서 감당해야 할 살림 부담까지 더해졌으니 이거야말로 '체험, 삶의 현장' 그 자체였다. 아침에 눈을 떠 밤에 잠들 때까지 쉬지 않고 몸을 움직여 먹이고 입히고 치워야 했으며, 아이들의 감정과 말과 행동에 적절한 대응을 하기 위해 끊임없이 판단하고 결정해야 했다. 제대로 못한 일이나 잘못된 일에 대해서는 자책의 감정을 느껴야 했다.

아이들은 너무나 예뻤지만 내 힘이 모자랐다. 몸은 굼뜨고 손은 서툴렀으며 마음은 복닥거렸다. 나도 모르게 땅이 꺼지도록 한숨을 쉬게 되고 '힘들어' 소리가 개구리처럼 튀어나왔다. 어느 날인가는 애들 다 재우고 잠자리에 들었는데 '내일 아침에는 안 깨어났으면 좋겠다' 하는 생각을 나도 모르게 하고 있더라는…. '내'가 '나'에게 놀라 잠을 설친 그날 밤, 잠든 아이들을 보면서 느낀 가책의 감정이 지금도 잊히지 않는다.

삶에는 언제나 수많은 관계가 얽히고 그 관계는 끊임없이 변하면서 나의 기대와 예측을 벗어난다는 것, 게다가 나는 의지박약이므로 무언가를 깨우친다고 해도 금방 변하기가 어렵고, 나 자신도 못 바꾸면서 하물며 다른 사람을 내 뜻대로 바꿀 수는 없는 노릇이라는 것, 따라서 세상에 내 마음대로 되는 일은 없다는 걸 그 시절에 제대로 알게 된 것 같다.

그렇다면 나도 못 변하고 남도 못 바꾸는 이런 상태에서, 더

구나 '그러려니' 하며 참고 견디지도 못하는 내가 어떻게 '자유로운 삶'을 상상할 수 있을까? 그렇다고 돈이 많다든지 전문직 종사자라든지 하는 외적 힘을 가진 사람도 아니니, 나는 죽을 때까지 이런 부자유 속에서 불편을 느끼며 살다가 죽어야만 하는 것일까?

이건 참으로 내 인생의 중차대한 문제였다. 내가 대단한 인간, 인정받는 인간으로 살 수 있는 깜냥이 아니라는 건 진즉에 알았고, 안락하고 폼 나는 삶이 내 몫이 아니라는 것도 충분히 받아들일 수 있게 되었다. 하지만 마땅찮은 모든 것을 세상 탓, 남탓으로 돌리는 투덜이로 살다가 죽거나, 모든 것을 의지박약하고 못난 내 탓으로 돌려 속으로 쑤셔 넣고 눌러 참는 비겁자로서 남은 인생을 살아가야 한다고 생각하면, 정말이지 견딜 수가 없었다. "나는 절대로 그렇게 살고 싶지 않습니다!" 벌떡 일어나 외치고 싶은 기분이었다. '좋은 삶'의 모양이 어떤 건지는 아직 모르지만, 이 모양으로 살다가 죽는 게 시시한 일이라는 것쯤은 분명히 알 수 있었으니까.

그러나 마음만 간절했지 여전히 뾰족한 수가 없었다. 그저, 답답한 마음에 밤마다 일기를 썼고 머리에 쥐가 나도록 여러 생각을 했으며, 별의별 책을 다 찾아 읽었고, 이곳저곳 기웃거리며 할 수 있는 온갖 짓을 해봤다. 명확한 답을 구할 수는 없었지만,

내가 이렇게 살 수밖에 없는 이치를 이해하고 싶고, 나아가 좋은 삶이 어떤 모양인지 알고 싶다는 문제의식만큼은 점차 또렷해졌다. 그리하여 처음에는 막연하던 그 질문들이 다음과 같이 좀 더 구체적인 문제로 정리되었다.

- 매 순간 헷갈리는 '선택과 결정의 문제'들을 어떻게 처리해야 할까?
- 어차피 피할 수 없는 일(밥하고 살림하는 일)이라면 어떻게 고통으로 느끼지 않고 할 수 있을까?
- 내 마음 같지 않아 싫고 밉고 힘든 사람들과의 관계를 어떻게 감당해야 할까?
- 늘 모자라고 안타깝지만 내가 직접 나서서 해결할 수 없는 돈 문제는 어떻게 감당해야 할까?
- 여전히 마음대로 되지 않는 이 몸을 어떻게 더 잘 움직일 수 있을까?

어떤 게
진짜
내 마음일까

뜬금없는 이야기지만, 나는 길치다. 한번 가본 곳을 다시 갈때 길을 제대로 찾은 적이 없다. 내비게이션이 없던 시절, 초행인데 자동차로 직접 운전해서 가야 할 때 두 갈래 길이 나타나면어디로 가야 할지 알 수가 없었다. 신호가 바뀌어 뒤차는 빨리가라며 빵빵대는데 어디로 방향을 틀어야 할지 몰라 머리가 하얘지던 기억이 아직도 생생하다.

생각해보면, 나의 하루하루는 온통 선택의 기로가 아니었을까 싶은데, 실제로 그런 선택의 기로에 설 때면 언제나 저 장면이 자동으로 떠오르며 겹쳐지곤 했다. 사실 잘못 들어선 길이야

돌아서라도 나올 수 있고 물어서라도 다시 찾을 수 있다. 짜장면이냐 짬뽕이냐를 결정할 수 없을 때는 반반을 시키거나 둘이 하나씩 시켜 나눠 먹을 수도 있고. 하지만 내 마음에서 불쑥불쑥 일어나는 일이나 갑자기 구체적으로 닥치는 문제 앞에서는 그런 방식이 통하지 않았다. 하나의 사안을 놓고 내 마음은 너무나 자주 두 갈래 내지 세 갈래로 갈라지는데 그중 어느 것이 진짜 내 마음인지, 어떤 길로 가야 잘 가는 건지 알 수 없어 혼란스러웠다.

부모님이 고향으로 내려가시고, 30년 넘게 엄마에게 얻어먹던 밥을 내 손으로 하려니 한 끼 밥상을 차리는 데만도 서너 시간이 걸리던 시절이 있었다. 네 아이에게 하루 세끼에 간식까지 챙겨 먹이는 일이 공포로 느껴질 만큼 큰일이던 때였으니, 데우기만 하면 되는 인스턴트식품을 가끔이라도 이용하고 싶은 마음이 간절했다.

그렇지만 좋은 엄마가 되고 싶은 마음도 그에 못지않게 컸던지라 안전한 식재료로 제대로 만들어 먹이겠다는 욕망 또한 강했다. 아, 숨 좀 고르자고. 난 아직 생초보인데 우선은 내가 좀 편하고 여유로워야 아이들도 보드랍게 대할 수 있지 않겠어? 먹이는 것도 중요하지만 애들 정서도 중요하다고. 아무리 그래도 제때 제대로 안 해줘서 대충 먹이면 입맛도 습관이 될뿐더러 신체에 생긴 결손도 되돌리기 어렵단 말이야. 내가 힘들더라도 직접 만들어 먹이는 게 맞지! 족히 3~4년은 이런 두 마음 사이에서 갈등했다.

또 하나 고민은 소비에 관한 것으로, 이 역시 만만치 않은 문제였다. 당시 우리 살림은 늘 적자였던 터라 펑크를 내지 않으려면 한 푼이라도 아껴야 옳다는 압박감에 시달렸다. 그런데도 막상 장을 보러 가면 조금 비싸더라도 안전한 식재료를 사야 할 것 같고, 돈이 없어도 애들 책만큼은 시기를 놓치지 않고 충분히 사서 읽혀야 할 것 같았다.

아이들이 좀 큰 후에는, 아이가 피아노를 관두고 싶다고 하자 '그동안도 힘들어하던 일이니 쿨하게 들어주자' 하는 마음도 생기고, '아니지. 엄하게 밀어붙여 위기를 넘기도록 해야지' 하는 마음도 생겼다. 두 마음 중 어느 쪽이 아이에게 더 좋은 건지를 판단할 수가 없었다. 아이 학교 공부에서도 마찬가지였다. 나는 제대로 못했지만, 그래도 학교 공부는 역시 중요하니 열심히 하도록 밀어야 할지, 아니면 내가 과거에 그랬듯 좀 헤매면서 길을 찾아나가도 된다고 얘기해야 할지를 알 수가 없었다. 그 외에도, 계속 도시에 살면서 평범한 삶을 이어나가야 할지, 시골로 과감히 이사를 해야 할지, 아이들을 일반 학교에 보내는 게 나을지, 대안학교에 보내는 게 나을지 등등 갈림길은 끝이 없었다.

아이 교육 문제나 가정생활과 관련한 문제에서 선택을 해야 하는 것도 물론 힘들었지만, '나'라는 한 개인의 욕구와 관계 안에서 생기는 욕구 사이에서 중심을 잡을 수 없다는 점이 가장 어려웠다. 몸이 힘들고 마음까지 지칠 때면 애들이고 뭐고 쉬는 게 옳다는 주장이 내 안에서 일어나지만 또 한편에서는 어차피 다 네 몫이고 네가 낳아놓은 애들이니 어미로서 책임은 져야 하지 않겠느냐고 한다. 어떤 마음은 너는 정말로 온종일 밥하고 청소하고 빨래하고 끝도 없는 집안일이나 하면서 인생을 다 보낼 생각이냐 하며 채근하고, 또 다른 마음은 네가 선택한 일이니 쓸데없이 기운 빼는 생각에 시달리지 말고 현실에 충실하라고 달랜다.

남편과의 관계가 힘들 때도 느껴지는 대로, 하고 싶은 얘기를 솔직하게 쏟아내는 게 옳은가, 아니면 '상대의 입장을 이해해 봐, 좋은 게 좋은 거 아니겠어'라고 말하는 다른 마음의 편을 들어 이쪽 마음을 눌러야 하는가. 1년에 한 번쯤 맘에 쏙 드는 옷을 발견했을 때 너에게도 이만한 자격은 있으니 선뜻 사라고 권하는 게 내 마음인가, 아니면 지금 네가 애가 몇이고 들어갈 돈이 얼만데 옷이 가당키나 하냐고 혼을 내는 게 내 마음인가. 나는 별로인데 내게 호감을 표하는 이웃과는 어느 정도의 관계를 맺고 살아야 하나? 나는 공감이 안 되는데 공감받기를 원하는 사람들 앞에서는? 내 감정에 솔직하고 싶은 것도 내 마음이지만, 좋은 사람으로 여겨지며 그들과 잘 지내고 싶은 것도 내 안에서 생긴 내 마음이니 말이다.

당시 내 안에서는 두 마음이 늘 팽팽하게 맞붙어 경합을 벌이고 있었다. '소중한 나, 그러나 아직 정체성도 찾지 못하고 세상의 인정도 받아본 적이 없는 채로 밥만 하고 있는 딱한 나를 먼저 챙겨야 한다'라는 마음과 '네가 맘대로 낳아놓은 자식들이고, 네 스스로 돈을 벌지 못하니 남의 손을 빌릴 수도 없는 너는 마땅히 네 몸으로 너의 책임을 다해야 한다'라는 마음, 이 중 어느 것이 진짜 당신의 마음인지 고르시오! 내 실력으로 풀기에는 난이도가 너무 높은 문제였다.

아무튼지 갈림길에서 어떤 선택이든 했으니까 여기까지 오긴 했겠지만 그게 과연 내 '선택'이었다고 말할 수 있을까? '인생은 선택'이라고 흔히들 얘기하지만, 선택을 하려면 우선 어떤 기준이 있어야 한다. 가령 바둑이나 체스를 둘 때 선수들은 매 순간 선택과 결정을 하며 어떤 수를 둔다. 이들은 게임의 원리와 규칙을 알고 있으므로 최선을 다해 이기는 수를 선택할 것이며, 결과에 대해서도 깨끗이 승복할 것이다. 하지만 나는 내 두 마음의 뿌리가 무엇인지도 알 수 없었고, 어떤 기준에 맞추어 살아야 하는지도 알 수 없어 혼란스러웠다.

대체 그 각각의 마음은 어디서 온 것일까? 다른 건 몰라도 이 세상에 존재하는 모든 것은 제각각 그 생겨난 원인이 있게 마련이다. 콩을 심으면 콩이 난다. 콩을 심은 데는 콩만 나지 절대로 팥이 나오지 않는다. 아마도 내가 품고 있는 문제 또한 '불편한 나의 여건과 그걸 참지 못해 괴로워하는 과정'에서 생겨났을 것이다. 그리고 이런 문제를 느끼는 마음은 한번 생겨난 뒤 그 자리에 가만히 있는 게 아니라 계속해서 변한다. 상황이 예전과 달라진 게 없는데도 기분이 산뜻할 때와 우울할 때 문제의 크기는 다르게 느껴지고, 몸이 아플 때 느끼는 세상과 몸이 멀쩡할 때 느끼는 세상도 너무나 다르다. 그래서 어떤 날은 죽을 것 같이 힘들다가도 어떤 날은 또 살 만하다는 생각이 든다.

여러 갈래의 마음들, 이 마음들은 어디서 생겨나 어떻게 변화해가는 걸까? 내가 모르고 있을 뿐 그 뿌리가 분명 있지 않을까?

가까스로
밥을
할 수 있게 되었군요

마음이 여러 갈래이거나 말거나, 내가 내 진짜 마음을 알거나 말거나 일상은 계속되었고, 나는 살아야 했다. 그리고 일상을 유지하는 일 중에 제일 힘들었던 건 뭐니 뭐니 해도 식구들에게 밥을 해 먹이는 일이었다.

삼십 대 중반까지 엄마가 해준 밥을 먹는 걸 너무나 당연하게 여겨왔으니 사실 그게 얼마나 중요한 일인지는 생각조차 해본 적이 없었다. 그런 내가, 어느 날 갑자기 네 아이의 리얼 마더가 되었고, 아이들은 밥을 먹어야 큰다.

반찬 두어 가지 만들어 밥상을 차리는 데만도 몇 시간씩 걸

리던 내가, 어쩌다 한 번도 아니고, 하루에 한 번도 아니고… 어떻게 큰애들 밥 먹여 학교 보내고, 작은놈들 이유식 만들어 먹이고, 남편 저녁상까지 차릴 수 있었을까. 숨이 턱턱 막히는 것 같던 압박감과 어떻게든 엄마 도리를 해내야 한다는 강박적 의무감 말고는 달리 떠오르는 이유가 없다.

아침 먹고 나면 점심이 걱정이고, 점심 먹고 치우면 저녁이 오는 게 두려웠다. 메뉴를 찾는 것도 고역이었지만 기껏 어떤 메뉴를 떠올린다 해도 만들고 차릴 생각을 하면 부담스럽고 엄두가 나지 않았다. 남편이나 애들은 몰랐겠지만 나에게는 거의 전쟁과도 같은 사투의 나날이었다.

뭐가 되었든 애들 밥은 먹이고 밥상은 차려야 했으며, 그 자체가 큰일이었으니 맛은 그다음 문제였다. 김치찌개나 된장찌개 같은 기본적인 음식조차 끓일 때마다 맛이 달랐고 어쩌다 맛있게 되었다 해도 그건 내 실력이 아니라 재수가 좋았던 거였다. 고민 끝에 메뉴를 정해 재료를 사들였는데도 막상 엄두가 나지 않아 상해서 버리는 경우도 많았고, 하기 싫은 건 일단 냉동실에 처박고 보니 냉동실이 뭔지도 모르는 검은 봉지로 가득했던 참으로 풋풋하던(?) 시절이었다.

연년생인 셋째와 넷째가 서너 살이 되어 어린이집에 다니면서 그나마 숨통이 틔어, 정신을 좀 차리고 생각이라는 걸 해보기 시작했다. 어째서 밥하고 살림하는 일이 이렇게 두렵고 힘들고 지겨운 걸까? '즐겁게'까지는 아니더라도 최소한 좀 덜 지겹고 덜 힘들게 할 방법은 정말로 없을까?

진짜 죽도록 힘이 들었기 때문에 꽤 끙끙대며 생각해봤는데, 밥하는 일이 그렇게나 부담스러운 것은 내가 그 일을 '잘할 수 없기 때문'인 것 같았다. 능숙하게 척척 잘할 수 있는 일은 절대 힘들게 느껴지지 않을뿐더러 오히려 하고 났을 때 뿌듯함을 주지 않던가! 반대로 서툰 일을 억지로 할 때는, 해야 한다는 걸 알아도 피하고 싶은 마음이 먼저 들어서 나도 모르게 몸을 움츠리게 된다. 의욕도 활기도 없는 데다 이미 찌그러진 몸으로 하는 일이 제대로 될 리 없으니 악순환이 되풀이되는 이치였다.

이 뻔해 보이지만 확실한 결론이 실제로는 내 인생의 중요한 전환점이 되어주었다. 정말이지 죽을 때까지 해야 할지도 모르는 이 일에 더는 시달리고 싶지 않았으므로, 나는 당장 요리 책을 사서 ─ 지금처럼 유튜브로 요리법을 쉽게 얻을 수 있는 시절이 아니었다 ─ 시험공부 하듯 '열공' 하면서 실험을 거듭했다. 학교 다닐 때도 해본 적 없는 '열공'을 통해 기본 양념의 비율, 맛 내는 포인트 같은 걸 알아내자, 그때부터는 솜씨 좋은 엄마 밥을 먹으며 체득된 미각이 일조를 해주어, 반년쯤 지나면서는 된장찌개, 김치찌개, 생선매운탕 같은 음식을 그럴듯하고 일관

된 맛으로 생산(?)할 수 있게 되었으며 요리에 걸리는 시간도 상당히 줄었다. 덤으로 식구들에게 맛있다는 칭찬도 들으면서 자신감이 생기니 점점 더 많은 요리를 시도해보게 되었고, 그리하여 몇 년 뒤에는 지인들을 집으로 초대해 밥도 먹이게 되었고, 언감생심이었던 김장까지 하게 되었다. 세상에!

물론 이렇게 되기까지가 결코 짧은 시간은 아니었지만, 밥하는 일에 대해 '열공'을 시작하고 7~8년쯤 지나서는 그 일이 그리 부담스럽지 않은 자랑스러운(?) 아줌마가 되었으니 해피엔딩이었다. 물론 그렇다고 해서 유튜브에서 요리 솜씨를 뽐내는 이들처럼 출중한 실력을 갖추게 되었다는 건 아니고, 간은 맞출 정도가 되었다고 하는 편이 딱 맞겠다. 내게 중요한 건, '맛있는 요리'보다 밥하는 일에 대해 지니고 있던 무거운 부담감과 두려움에서 벗어났다는 사실이었으니까. 이 경험은 어쩌면 내 인생 최초의 성공이었고, 내 문제를 스스로 해결할 수 있었다는 점에서 의미가 있었다.

그리고 또 하나, 이 사소한 경험을 통해 나는 역시 뻔하지만 중요한 진실(?)을 알게 되었는데, 짐의 무게가 드는 사람의 실력에 따라 다 다르게 느껴진다는 새삼스러운 사실이었다. 꼬맹이는 절대 들 수 없는 쌀 한 포대를 건장한 청년은 번쩍 든다는 걸 모르는 사람은 없다. 그러니 내가 그렇게나 무겁게 느꼈던 문제나 고통 역시 그 자체로 똑같은 무게인 것은 아니었다. 무게를 감당할 수 있는 역량에 따라 다르게 느껴지는 상대적 무게였을 뿐.

처음에는 엄청나게 느껴지던 살림의 무게가, 그 일을 감당할 수 있는 사람이 되면서 점차 가벼워진 것을, 점점 더 많은 일을 가뿐하게 하게 된 내가 이렇게 증명하고 있지 않은가. 여기에 덤으로, 무언가에 불편함을 느끼고 못 참는다는 게 꼭 나쁜 일만은 아님을 확인하게 된 것도 성과였다. 그동안은 단지 문제만을 느끼고 살았는데, 너무나 불편해서 못 참겠으니까 이런 방법, 저런 방법을 고민하며 찾게 되고 결국 해결도 하게 되는구나. 와우!

이렇게나 대단한 걸 깨달은 내가 기특하기도 하고 신기하기도 해서, 스스로 우쭐대며 한동안 꽤 활기차게 지냈던 것 같다. 그리고 이 소중한 깨달음을 다른 문제에도 적용해보려고 나름 애를 써봤다. 예를 들어 남편과의 관계가 꼬일 때, 혹은 돈 때문에 마음이 들볶일 때. 그런데 "맞아, 분명 이것도 내가 지금 저 무게를 감당할 만큼의 힘이 없어서 그런 걸 거야!"라고 생각하는 지점, 딱 여기까지였다. 물론 원인을 상대에게 전가하지 않고 나를 들여다보게 되었다는 것만으로도 대단한 성과이긴 했다. 하지만, 그래서 그다음에 어떻게 해야 좋을지는 여전히 알 수가 없었다.

있는 모습 그대로
받아들이는 것,
그게 진짜
가능해?

　몸이 가장 힘들어하던 일은 식구들 밥 먹이는 일이었지만, 마음을 가장 괴롭히던 일은 역시 차이에서 오는 '관계'의 문제였다. 이건 정말이지 풀기가 쉽지 않은 난제였다. 그놈의 차이. 나와 너무나 다른 사람들. 그러나 어쩔 수 없이 같이 살아가야만 하는 사람들. 그들과의 관계!

　제목은 달라도 '따로 또 같이'라는 주제로 쓰인 그림책이 많이 나와 있어, 애들 어렸을 때 곧잘 읽어줬다. '우리는 태어날 때부터 서로 달라요. 남자도 있고 여자도 있고, 피부색도 다르고, 건강한 몸으로 태어나는 사람도 있고, 건강하지 않거나 좀 다른 몸으로 태어나는 사람도 있어요. 살아온 환경도, 지금 살아가는 모습도 전부 다르죠. 그러나 우리는 동등하고, 서로의 차이만 있는 그대로 인정한다면 얼마든지 사이좋게 같이 살 수 있어요.' 어떤 책이든 공통된 줄거리는 이런 거였다.

그리고 지금도 여전히 세상 어디서나 비슷한 이야기를 듣는다. "사람이 다른데 생각이 다른 것도 당연하지. 그냥 있는 그대로 받아들여!" 참 아름다운 말이다. 그러나 나는 저런 얘기가 아무것도 해결해줄 수 없다는 걸 경험으로 안다. 내 마음이 내 맘대로 된다면야 가능하겠지만, 아무리 마음을 먹어봐도 싫은 건 싫은 거고 인정이 안 되는데 어쩌겠는가. 그래서 그런 말을 들을 때마다 "있는 그대로 받아들이는 게 구체적으로 어떻게 하면 되는 건지, 어떻게 해야 마음이 싹 바뀌는 그런 결과를 얻을 수 있는지 소상히 얘기해보시오!", 요렇게 되돌려주고 싶은 기분이 들었다.

살면서 커다란 차이를 느낀 사람은 물론 엄청나게 많다. 나와는 전혀 다른 안경을 끼고 세상을 보고 있는 것 같은 정치인이나, 통장에 잔고가 빵빵한 부자에게는 낮은 금리로 큰돈을 마구 빌려주면서 단돈 얼마가 없어 쩔쩔매는 사람들에게는 무지막지한 이자를 받아 챙기는 은행 관계자, 그리고 지하철에서 다리를 쩍 벌리고 앉아 헛기침을 해대며 자신의 존재를 알리려고

기를 쓰는 꼰대에게도 나는 엄청난 차이를 느낀다.

그러나 이런 것들은 눈에 보이지 않으면 잊히게 마련이고, 예전에 직장 상사들과의 관계에서 느꼈던 크나큰 차이조차 지금은 희미해지고 있다. 반면에 물리적으로 가장 가까이 있고 가장 긴 시간을 함께 지내는 사람인 남편에게서 느끼는 차이, 이건 말할 수 없이 생생하고 치명적이다. 물론 아내인 나만 그렇게 느끼는 건 아닌 것 같지만.

얼마 전 친구 아들의 결혼식에서 있었던 일이다. "앞으로도 변함없이 처음처럼 서로를 이해하고 아끼면서 살기로 맹세한다"라고 신랑 신부가 서약을 하자, 내 앞에 앉아 있던 내 또래 여성들이 웃으며 속삭이는 소리가 들렸다. "그래 어디 한번 살아봐라, 그렇게 되나."

나 역시 도저히 접점이 없을 것만 같은, 참으로 큰 차이를 남편에게서 느끼며 절망했던 긴 세월이 있었다. 그런데 이 문제 역시 불편함이 있을 때 그걸 더 많이 느끼고 더 못 참는 나의 성향이 작용한 것일 터이므로 어쩌면 남편보다는 내 쪽에서 그 차이를 더 크게 느끼며 힘들어했을 것이다. 지금은 무슨 일 때문에 그랬는지도 기억이 나지 않지만, 아무튼 그 시절 남편과 사사건건 다투고 반목하며 지냈고, 도저히 끝까지 같이 살 수는 없을 것 같아 절망한 적도 수없이 많다.

물론 이 와중에도 나는 그저 참고 견디며 가만있을 수만은 없었으므로 '관계'에 관한 책들을 여러 권 찾아 읽고 교육도 받아봤다. 무엇보다도 내가 겪은 상황을 끊임없이 반추해보면서 그런 불편한 마음이 생기는 나 자신을, 그리고 내게 그런 태도를 보일 수밖에 없는 상대를 이해해보려 애를 썼다. 힘들고 괴로웠던 만큼 정말로 상황을 바꿔보려는 노력을 많이 쏟았다. 하지만 그렇게나 애를 쓰는데도 언제나 돌아오는 곳은 같은 자리였다. 네 탓 아니면 내 탓!

내 입장에서 내가 그럴 만했다고 이해가 되면 나쁜 상황의 원인 제공자는 상대가 되고, 반대로 상대의 입장에서 이해해보려고 하면 결국 내 탓이 되어버린다. 내 탓이 되는 것도 인정하기 어렵지만, 상대 탓으로 돌린다고 해서 마음이 편해지는 것도 아니다. 여전히 원망과 미움에 마음이 들볶이니까. 또 나는 큰맘 먹고 상대에게서 느낀 불편을 '있는 그대로' 감수했는데 상대가 그걸 몰라주는 것 같으면 단박에 억울한 마음이 올라와 도로아미타불이 되고 마니 참으로 딱한 노릇이었다. 결국 그날의 일기는 후회와 반성으로 끝나게 되지만, 그래도 어쨌거나 나는, 잘잘못을 가리는 방식은 차치하고 중간 자리에서 문제를 이해해보려 애쓰는 반면 남편은 영 아닌 것 같았다.

어떤 사안을 놓고 차이가 생겨 갈등이나 노골적인 싸움으로

번졌을 때 매사 합리적 성향을 보이는 남편은 그 사건의 전모를 펼쳐놓고 잘잘못을 따졌다. 이러저러해서 당신이 먼저 원인 제공을 했고, 나는 그에 따라 이러저러한 태도를 취할 수밖에 없었으니 결과적으로 당신 잘못이라는 식으로. 물론 나는 그런 방식의 상황 이해를 절대로 받아들일 수가 없었다. 이건 잘잘못을 따질 문제가 아니다, 내 감정을 알아달라는데 왜 당신은 언제나 시비를 따지느냐, 당신이 그런 식이기 때문에 내 감정은 전혀 받아들여지지 않고, 서로의 생각을 주고받을 수 있는 다리는 아예 끊기고 만다는 게 나의 주장이었다.

나는 억울했고, 잘잘못을 가리는 방식으로 모든 차이를 날려버리는 남편이 답답했으며, 죽어도 얘기가 통하지 않는 이기주의자라며 남편을 향해 분통을 터뜨렸다. 당신은 남자고, 돈을 벌고, 사회적으로 나름의 인정도 받는 사람이고, 나보다 나이도 많다. 나는 여자고, 돈도 못 벌고, 사회적 지위도 없을뿐더러 나이도 당신보다 적다. 이것만으로도 이미 나는 피해자가 되기에 충분한 조건 아닌가.

게다가 나는 문제를 풀어보려고 이런저런 노력을 하는데, 남편은 그저 나를 단죄하고 자신은 문제에서 빠져나가려고만 하는 것처럼 느꼈다. 그 결과 '남편은 나에게 고통을 주는 가해자'라는 결론을 내리곤 했다. 그 결론에 덧붙는 감정은 뻔하다. 분노, 원망, 후회, 삶에 대한 불신, 우울 같은 것.

그런데 재미난 것은, 똑같은 패턴의 사건이 거듭되고 또 시간이 지나면서 나에게 이런 의문이 생겼다는 점이다. "나는 열심히 노력했는데 너는 아무것도 하지 않았으므로 네가 가해자고 나는 피해자라는 이 도식, 어쩐지 어디선가 많이 본 것 같지 않은가?" 기시감(旣視感)을 계속 느꼈지만 어디서 봤는지는 기억이 나지 않아 간질간질하고 답답한 상태로 꽤 많은 시간을 보내고 나서야 불현듯 나는 알아챘다. 내가 세운 도식이 우리가 다툴 때마다 남편이 내게 들이대던 논리와 쌍둥이처럼 닮아 있다는 사실을!

남편은 눈앞에 당장 벌어진 사건의 전모를 펼쳐놓고 옳고 그름을 따진다. 그렇다면 나는? 나는 노력을 했으니까 옳고 너는 아무 노력도 하지 않았으니까 틀렸어. 그러니까 네가 가해자고 나는 피해자야. 결국 나 또한 옳고 그름만을 따졌던 거다. 더구나 상대가 어떤 노력을 했는지는 내가 알 수 없는데 말이다. 내가 내 방식으로 노력했듯이 그에게도 그의 방식이 있었을지 모르는데, 나는 내 방식이 옳다는 전제에서 '상대가 노력하지 않았다'라는 결론을 내리고 있었던 셈이다. 이걸 이해하고 나니까 놀랍게도 그동안 내가 남편에게 뭔가를 요구할 때도 마찬가지 방식이었다는 게 보였다.

'사건의 시비를 따지는 당신의 방식은 옳지 않아. 감정을 먼저 생각하는 내 방식이 옳다고. 당신이 틀렸기 때문에 우리가 차이를 인정할 수 없고, 소통할 수도 없는 거라고!' 이게 내 논리였다. 잣대로 들이댄 사안이 달랐을 뿐 결국 나도, 나의 옳음을 기준으로 상대를 비난하고 있었던 거다. 문제를 이해하기 위해 많은 고민을 했으므로 당연히 내가 낫다고 굳게 믿었는데 그 이해의 방식이란 것도 결국 남편이 쓴 것과 똑같은 방식이었다니…. 이 사실을 뒤늦게라도 이해했다는 게 그나마 대견하면서도 어쩐지 허무한 느낌이었다. 결국 도긴개긴이었다는 걸 알고 나니까 남편을 더는 같은 방식으로 비난하지는 않게 되었으며, 부정적 감정도 꽤 누그러졌다.

그러나 이런 나름의 성과에도 불구하고, '그래도 역시 너보다는 내가 옳다'라는 느낌에서 잘 벗어나지지가 않았다. 문제를 푸는 논리와 공식이 동일하다는 걸 모르지는 않게 되었으나, 내 안에서 저절로 생겨나는 느낌을 어쩔 수는 없었고, 그러자 내 시름은 더 깊어졌다.

과장이 아니라 진짜 '시름'이었다. 아무리 생각을 해봐도 '네가 옳거나 내가 옳거나', 너를 부정해서 내가 이겨 먹거나 아니면 내 탓을 인정하고 찌그러지거나… 이 두 가지 말고는 둘 사이의 차이를 해결할 방법이 없다는 것, 그렇다면 남편과의 문제도 이 이상은 해결할 수가 없을 테고, 마땅찮은 남의 꼴을 보지 못해 괴로운 내 사정도 마찬가지일 테다. 그냥 사는 건 원래 힘든 것, 그렇고 그런 것임을 마지못해 받아들인 채 어쩌다 재미나고 좋은 날도 있다는 위안으로 그럭저럭 살다 죽는 수밖에 없는 건가 싶어서….

너는 뭐가 그렇게 복잡하냐는 이야기를 가끔 듣는다. 남편이 술주정을 하거나 때리는 것도 아니고 돈을 안 벌어다 주는 것도 아니며, 밖에서는 세상 훌륭하다고 칭송을 받는 사람인데 참을 건 참고 적당히 맞춰주면 되지, 그 정도 차이나 문제 없이 결혼 생활을 하는 사람이 어디 있냐고. 맞는 말이다. 나 역시 내 남편이 나처럼 삐딱하고 생각 많은 여자를 만나 고생한다 싶을 때가 있다. 하지만 그 모든 걸 인정한다 해도, 이건 꼭 풀고 싶은 문제였다. 왜 내가 틀리지 않으면 네가 틀려야 하는가? 너도 긍정되고 나도 긍정되면서, 미움과 원망에서 완전히 벗어나 맑은 마음으로 살 수는 없을까? 그런 방식은 정말 없는 것일까?

느껴지는 걸 아닌 척하거나 속으로 눌러 참으며 이해한 척, 공감한 척 어물쩍 화해하거나, 상대의 힘에 눌려 입 꾹 다물고 찌그러지는 그런 '사이비 화해'는 차이에 대한 이해가 아닌 게 분명하다. 그럼에도 여기서 끝이었다. 나 혼자 아무리 열심히 생각을 해봐야 그게 다 생각은 아닌 모양이었다. 새로운 건 아무래도 찾아낼 수가 없고, 돌아오는 자리가 매번 그 자리인 걸 보면 말이다. 아무래도 이 문제가 나 혼자 씨름해서 해결될 일은 아닌 것 같다는 생각이 그때 처음으로 들었다.

돈,
그것이
문제로다

돈! 오지에서 자급자족하며 살거나 수도생활을 하는 사람이 아니라면 돈은 대다수 서민에게 '문제적' 사안일 수밖에 없다. 특히 나! 어릴 때부터 돈 때문에 애면글면하는 부모 밑에서 자랐고 꽤 오랫동안 식구들 생계를 책임져야 했으며 빚이 주는 압박감에도 시달려봤고, 돈을 벌지 못하는 주부가 된 이후로는 써야 할 돈과 모자라는 돈 사이에서 늘 줄타기를 하면서 살았다. 이런 나에게 돈 문제는 차이의 문제와 더불어 인생의 가장 중차대한 문제였다. 그리고 솔직히 말하면, 공부를 시작하고 12년이 된 지금까지도 이 문제를 완전히 풀지는 못했다. 돈을 못 버니 어떻게 이 문제에서 자유로울 수 있을지…. 하지만 극심한 불편을 느껴온 문제고, 앞으로도 계속 풀어야 할 숙제이므로 돈 문제에 관해서도 좀 이야기를 해보려 한다.

요샛말로 하면 나는 돈에 대한 '개념'이 없다. 다시 말해 알뜰살뜰 아껴 저축하는 게 안 된다. 실은, 단순히 이 정도가 아니라, 오랜 기간 수입과 지출을 맞추지 못해 빚까지 졌고 그 때문에 맘고생도 엄청 했다. '넌 어려서부터 규칙적으로 용돈을 받아본 적도 없고, 그때그때 급한 걸 아슬아슬 해결하면서 살았잖아. 그러니 돈을 규모 있게 쓰는 훈련 같은 건 해본 적이 없는데다 자식도 많아서 들어갈 데도 많잖아.' 스스로 이런 합리화를 해보지만 무슨 소용이랴. 돈 때문에 남편과도 많이 싸웠다. "당신이 쓸데없는 데 돈을 쓰지 않는다는 건 나도 알아. 하지만 돈에 맞춰서 살아야지, 어떻게 쓰고 싶은 곳에 돈을 맞춰?" 언제나 지당한 남편의 얘기였다.

언젠가 일본의 어느 사상가가 쓴 책에서도 몹시 찔리는 이야기를 읽은 적이 있는데, 그게 무엇이든 가지고 있는 그것에 맞추어 최대한 풍요로운 삶을 꾸릴 수 있는 게 바로 역량이며, 어떤 경우든 수입의 10퍼센트는 여축(餘蓄)을 할 필요가 있다는 것이었다. 분명 누구에게나 동의나 인정을 받을 만한 이야기이고, 나 또한 뜨끔하며 공감했다. 하지만 그 말이 옳다고 인정한다 해도 말처럼 쉬이 실행이 되지는 않았다. 내 마음이 하나가 아니고 어떤 게 진짜 내 마음인지 알 수 없는, 극심한 혼동이 일어나는 현장에는 대부분 돈이 얽혀 있었다.

예를 들어 조금 비싸도 안전한 식재료를 살 것이냐, 형편에 맞춰 적당한 걸 살 것이냐 하는 문제. 또 아이들 돌 반지! 25~26년 전에는 한 돈에 5, 6만 원쯤 했던 돌 반지가 지금은 30만 원이 넘는다는 걸 얼마 전에 알았다. 아이들 돌에 들어온 반지를 팔지 않고 그냥 갖고 있었더라면 지금쯤 목돈이 되었겠지. 나도 고민을 안 했던 건 아니다. '잘 갖고 있다가 나중에 요긴하게 써야 하지 않을까?' 하지만 돌 반지를 팔아 그 돈으로 좋은 그림책을 마음껏 사서 읽어주고 싶은 마음이 그때는 더 간절했다. 또 청력이 좋지 않은 딸아이의 보청기를 살 때, 품질이 가장 좋은 것과 그다음으로 좋은 것의 가격 차이가 100만 원 이상 난다. 당장 목돈이 모자라니 일부 금액은 카드 할부로 긁어야 하지만 그래도 차선을 선택하기가 어려웠다. 그렇게나 돈에 휘둘리고 살았으면 돈 귀한 줄 알고 아껴 쓰고, 가진 것은 잘 움켜쥐고 살아 마땅한데 왜 이 모양인지는 나도 모르겠다.

아무튼 아직 닥치지 않은 미래의 좋은 일을 위해 당장의 불편을 참기가 어려운 나는, 약간의 갈등과 고민의 과정을 거치기는 하지만 대개는 이런 식의 선택을 한다. 다 때가 있으니 제때 제대로 먹여야 하고, 잠을 잘 자는 것도 중요하니까 이부자리도 멀쩡한 걸로 마련해줘야 하고, 아이가 꼭 배우고 싶다는 건 가르쳐주어야 하고, 형제 중에 누가 급하다고 하면 현금서비스를 받아서라도 융통을 해줘야 하고… 쓰는 이유도 합당하고 쓸 때도 흡족하긴 했다.

그러나 쓸 수 있는 돈과 써버린 돈 사이에 야금야금 틈이 생기고, 여윳돈 나올 데가 따로 있는 것도 아니니 그 틈 역시 내 몫이었다. 남편은 남편대로 최선을 다하고 있는 걸 아는데 더 벌어 오지 못한다고 탓할 수도 없는 노릇이었다. 내가 돈 때문에 하도 쩔쩔매니까 남편은 한때 입시학원에서 영어를 가르치는 아르바이트까지 하며 투잡을 뛰기도 했다. 직장 퇴근 후 밤에 학원에서 영어 강습 아르바이트까지 하고 집에 돌아오면 새벽 1시나 2시가 되는데, 그 고단한 꼴을 보려니 어찌나 짠하던지 미안한 마음에 오밤중에 지지고 볶아 주안상을 차려줬다. 얼마 안 되어 남편 뱃살이 두두룩해졌던 걸 생각하면 참 '웃픈' 기억이다.

이 간극을 어떻게 해결할 수 있을까? 머리가 늘 터질 것 같았다. 어떻게든 이 틈을 줄이거나 메워보려고 25년간 가계부를 쓰며 계산기를 두드렸다. 냉장고에 식재료 재고표를 만들어 붙이고, 푼돈까지 일일이 기록하면서 어디서 어떻게 줄일 수 있을지를 엄청 따져봤다. 성과가 없지는 않았다. 물가가 올라도 식비는 그대로 유지하면서 먹는 것의 질도 떨어뜨리지 않을 수 있었고, 버려지는 식재료도 거의 없어졌고, 뭔가를 사들이는 빈도도 줄었다. 무척 오래 걸리긴 했지만 지출과 수입의 간극도 점차 줄어 이제는 아슬아슬하긴 해도 균형을 제법 유지하게 되었다.

하지만 여전히 저축은 되지 않는다. 한 달에 단돈 5만 원이라도 저축하는 습관을 들이면 어떻겠느냐는 남편의 말에 여러 번 시도는 해봤는데, 몇 십만 원이라도 모였다 싶으면 귀신같이 쓸 데가 생기는 것이다. "이렇게 필요한 데 쓰려고 저축하는 거 아냐? 도대체 돈을 무작정 모아서 뭘 하겠다는 거야?" 이게 바로, 당당한(?) 나의 변명이었다! "내가 마구 옷을 사 입는 것도 아니고, 여행을 다니는 것도 아니고, 맛있는 걸 즐겨 사 먹는 것도 아닌데! 다 식구들 위해 쓰고 게다가 내 손으로 끊임없이 '가사노동'이라는 걸 하면서 따로 월급 한 푼 안 받는데, 나는 왜 이렇게 힘들어야 하지? 타고난 내 성질이 돈을 그런 방식으로 쓰도록 결정하는 것이지만, 그렇다고 내가 쓸데없이 낭비하는 것도 아니니, 이건 뭔가 억울하다…."

이런 하나마나한 투정도 혼자 해봤다. 내 손으로 돈을 벌어 쓸 수만 있다면 이런 고민은 하지 않아도 될 텐데, 어떻게 하면 돈을 벌 수 있을까 하는 생각도 정말 많이 해봤다. 사실 얼마간이라도 벌어보려 애를 쓰지 않은 것도 아니다. 아이들 책을 팔아본 경험에 애들에게 책을 읽어준 경험을 더해 꼬맹이들에게 책읽기 지도를 하는 일을 꽤 오래 했고, 잠깐 영업 일을 다시 시도했다가 그만두기도 했으며, 라디오 방송 원고를 써주고 푼돈을 버는 작가 노릇도 몇 년 했었다.

근데 참 이상한 건 그렇게 내가 얼마라도 벌 때와 전혀 벌지 않을 때의 차이가 크지 않더라는 사실이다. 물론 내가 벌어들이는 수입이 푼돈에 지나지 않아 그렇기도 했겠지만, 조금이라도 수입이 늘면 머릿속의 쓸 곳도 덩달아 늘어나 결국 저축으로 연결이 되지는 않았다. 또 돈을 낸 만큼의 결과가 당장 돌아오기를 바라는 엄마들과의 미묘한 관계 속에서 몇만 원씩의 수업료를 받는 것도 늘 찜찜한 구석이 있었다. 아무튼 전문적이라고 공인된 무언가 없이 돈을 벌기란 역시 어려운 일이구나 싶었다. 그나마 공부를 시작하면서는 이런 소소한 돈벌이도 아예 그만두었고, 그 대신 계산기를 더 열심히 두드리게 되었다.

또 한 가지, 돈에 관해 내가 풀고 싶은 문제는 '돈이 주는 이상한 불안감'이다. '필요한 곳에 쓰기 위해 저축을 하는 것'이라는 내 이야기도 틀린 말은 아니지만, 사람들이 저축을 하는 이유는 대개 무슨 일이 생길지 모르는 미래에 대한 불안 때문이 아닐까? 지금으로서는 전혀 예상할 수 없는 어떤 일이 생길지도 모른다는 불안! 나도 그렇다. 아직 자리를 잡지 못한 아이들의 미래나, 혹시 너무 오래 살아 겪게 될 미래 같은 걸 문득 떠올릴 때마다 걷잡을 수 없는 불안이 급습해 오는 걸 느낀다. 한번 불안의 꼬투리가 생기면 꼬리에 꼬리를 물고 상상이 이어져 눈덩이처럼 불어나고…. 결국 이 불안을 해결할 수 있는 건 빨리 돈을 버는 길밖에 없다는 초조감에 도달하게 된다. 닥치지도 않은 일 때문에 지금 불편을 겪는 걸 참을 수는 없으면서, 아직 일어나지도 않은 일에 이렇게 휘둘리며 살고 있다니. 내가 생각해도 참 이상하고 어리석어 보이지만 이렇게 생겨나는 마음 역시 내 마음대로 없앨 수는 없었다.

이래저래 나에게 돈은 아무리 벗어나려 발버둥 쳐도 점점 더 깊은 물속으로 나를 끌어당기는 물귀신 같은 것이었다. 이래서야 어떻게 자유로워질 수 있을까. 돈을 벌지 않고는 자유로워질 방법이 정녕 없는 것일까, 꼭 돈을 벌어야 한다면 어떻게 벌 수 있을까, 막상 돈을 벌게 된다면 또 다른 방식으로 돈에 휘둘리게 된다는 것도 경험상 잘 알고 있는데 그때는 또 어떻게 그 너머를 볼 수 있을까. 이 역시 내가 공부를 시작하지 않을 수 없었던 이유다.

내 몸이고 내 마음인데
왜 내 뜻대로
안 될까

언뜻 생각하면 모두 내 소유인 것 같지만 몸도 마음도 내 뜻대로 되지 않는다는 것, 이건 어릴 적부터 스스로를 의지박약이라 느껴온 나의 영원한 숙제였다. 나는 어떤 이치에 의해 이런 생각과 말과 행동으로 결정되는지, 그런 것들은 내 의지와 어떤 관계가 있는지 알고 싶다는 염원(?)을 오래 품고 있다 보니 언제부턴가 내 마음과 몸의 관계를 관찰하는 버릇이 생겼다.

그리고 그 결과로 알게 된 사실 하나. 내 마음이 복닥거리고 머릿속이 실타래처럼 엉켜 풀리지 않으면 몸도 움츠러든다는 것. 몸과 마음의 이런 관계를 공부 이전에도 이해하고 있었다는 의미는 아니고(나중에 스피노자의 『에티카』를 공부하면서야 분명하게 알게 되었다), 내 몸을 활기차게 움직이려면 우선 머릿속 문제부터 정리해야 한다는 정도를 이해하게 되었다는 얘기다. 물론 그것만 해도 큰 성과였지만, 머릿속의 엉킨 실타래를 대체 어떻게 풀어야 할지 그걸 알 수가 없다는 게 또 문제였다.

이렇게 당시의 나는 풀리지 않는 문제들로 꽉 찬 머릿속과 해야만 하는 일로 가득한 몸 사이에서 균형을 잡는 일이 너무나 힘들었다. 그나마 다행히 밥 짓는 일은 좀 수월해졌다지만, 그건 여전히 의무감으로 하는 일이었지 기꺼운 일은 아니었고, 실제로 살림의 범위는 밥하는 일을 훨씬 넘어섰다.

날마다 매 끼니를 위해 두어 시간 이상을 부엌에서 움직여 밥을 챙겨 먹이고, 수많은 식재료를 비롯해서 세제류, 화장품류, 옷가지, 하다못해 화장지까지 집에 필요한 오만 가지 것의 재고를 파악해 떨어지지 않게 사들여야 하고, 식구들이 늘어놓은 것들을 제자리에 정돈하고, 끊임없이 쌓이는 먼지와 오물을 주기적으로 닦아내고 치워야 하며, 음식물·재활용·일반 쓰레기를 각각 분류해서 처리하고, 벗어놓은 옷을 빨고 말린 뒤 잘 개켜서 서랍장에 넣어주고, 철이 바뀔 때마다 옷장을 뒤집어 정리해줘야 하고, 상시적으로 냉장고를 청소하고, 행주 삶고 걸레 빨고… 끝이 없었다. 그러고도 명절이나 식구들 생일, 김장 같은 여분의 집안 행사가 포함될 뿐 아니라, 가계부 정리하며 계산기까지 열심히 두드려 앞뒤를 맞추어야 하는 게 살림이니까.

솔직히 지겨웠고, 하기 싫다는 느낌에 휘둘렸던 순간이 너무나 많았다. 특히 남편을 비롯해 식구들이 내가 하는 일의 결과를 취하기만 할 뿐 조금도 내 수고를 알아주지 않는다는 생각이 불현듯 들면 즉시 억울한 마음이 치솟으며 피해의식에 사로잡혔다. 내가 이렇게나 많은 일을 '너희를 위해' 하고 있는데 그걸 알아주기는커녕 당연한 권리처럼 여기는 게 너무나 억울했다. 치워도 치워도 쌓이는 먼지와 쓰레기, 아무리 많이 해도 티도 나지 않고 공도 없는 집안일 속에서 나 자신이 서서히 닳고 있는 느낌… 이런 감정이 일단 생기면 스스로가 너무나 초라하게 느껴지면서 주위 사람들이 싸잡아서 얄미워졌고, 사는 일은 덧없이 느껴졌다.

놀라운 건 마음이 이렇게 변했을 뿐인데, 곧이어 몸에서도 풍선에서 바람 빠지듯 활기가 쑥 빠져나간다는 사실이다. 정말이지 무언가를 하고 싶은 의욕이 하나도 남질 않고 드러누워 손가락 하나 까딱 하고 싶지 않은 상태가 되는데, 더욱 나쁜 건 이런 상태에 한번 처박히고 나면 헤어 나오기가 정말로 어렵다는 점이었다.

'모두 지겹고 아무것도 하기 싫다.' 이 생생하고 진저리나는 느낌, 동시에 활기를 잃고 가라앉는 몸, 그럼에도 불구하고 해야만 하는 수많은 일… 이 모순적 관계를 대체 어떻게 풀 수 있을까. 그간 관찰한 바에 의하면 결국 단서는 '지겹고 하기 싫다'라고 느끼는 내 마음에 있음이 분명했다. 어째서 그런 마음이 드는지 그 엉킨 실타래를 먼저 풀면 몸도 기운을 차릴 테고, 그다음엔 저 일들을 감당할 수 있게 될 터이니 먼저 마음을 따져봐야 했다.

그 무렵 나는 매일매일 나를 덮쳐오는 이런 상태가 몹시 괴로웠기 때문에 밤마다 일기장을 펴놓고 앉아 많은 생각을 해봤다. 우선, '이 일이 내 몸이 도저히 감당할 수 없을 만큼 힘에 부치는 일인가?' 가슴에 손을 얹고 돌아봤다. 솔직히 집안일 자체만 놓고 보면 그것이 내가 도저히 감당할 수 없을 만큼 힘든 일은 아니었다. 식구들도 집안일에 완전히 무관심한 것은 아니어서, 내가 부탁하면 기꺼이 도왔고, 밥하면서 교훈을 얻었듯 내 역량이 점차 늘어나면서 가끔은 살림하는 기쁨을 느끼기도 했으니까.

그렇다면 내가 '살림'이라는 일을 무의미하고 가치 없는 일이라고 여기기 때문일까? 아니다! 그러기는커녕, 나는 일상을 반듯하고 정갈하게 유지하고 제대로 먹고 자는 일이야말로 좋은 삶의 기초라고 철석같이 믿는 사람이었다. 그럼 답은 뻔했다. 문제는 그 일이 '나'를 확인시켜주지 않는다는 것, 나 자신을 '가

치 있는 존재'라고 여겨지도록 하는 데 일조하지 않는다는 사실
에 있는 거다.

생각해보니, 영업 일을 하던 시절에는 그 일 자체가 의미 없
는 일이라고 여겨져 무척 괴로워했으면서도 내가 '가치 없는 존
재'라는 느낌은 들지 않았던 것 같다. 왜냐면 분명 그 일에는
'돈'이라는 보상이 주어졌고 식구들이 모두 나에게 의지해서 살
고 있음을 선명하게 느꼈기 때문이다. 하지만 집안일에는 보상
이 따르지 않는다. 예전의 내가 엄마가 해주는 모든 것에 대해
특별한 느낌이 없었던 것처럼, 남편이나 아이들도 내가 해 바치
는 모든 것을 당연히 받아야 할 것으로 여기는 것만 같고, 가뜩
이나 빠듯한 살림에서 내 노동의 대가를 따로 챙길 수도 없는
노릇이니, 인정도 물질적 보상도 받을 곳이 없었다.

물론 나도 이반 일리치의『그림자 노동』같은 책을 읽으며 공
감했고, 가사노동의 경제적 가치가 300만 원 정도라는 이야기
또한 들어봤다. 하지만 그런 주장의 타당성이 강화될수록 현실
과의 간극은 더 커져 기운만 빠졌다. 그래서 뭐 어쩌라고? 나는
당장 오늘 기운을 차리고 일상을 꾸려가는 게 시급한데 말이다.

결국 오랜 숙고 끝에 내가 확인한 것은 '인정'이나 '경제적 보
상'이 따르지 않는다면 나는 내 존재가치를 확인할 수 없고 지
겹고 싫다는 감정만을 느낀다는 것, 그리고 이런 감정이 느껴

지는 한에서는 내 신체도 기운을 잃는다는 사실뿐이었다. 좋을 때나 나쁠 때나 나의 내면의 감정이나 기분은 나의 바깥에 의해 결정이 되는구나, 그리고 그 기분에 따라 내가 기운을 얻기도 하고 잃기도 하는구나.

그동안 막연히 품어왔던 내 몸을 움직이는 건 내가 아니라는 심증이 확인된 셈인데, 그렇다면 난감한 노릇 아닌가. 단지 내가 시시하다는 느낌이 드는 게 문제가 아니라 진짜로 나를 움직이는 힘이 내가 아니라는 게 문제였다. 주위 사람들에게 날마다 나를 기쁘게 해달라고 사정할 수도 없는 노릇이고, 세상이 나를 중심으로 돌아가는 것도 아니니….

더구나 이런 문제가 비단 집안일에서만 나타나는 게 아니었다. 뭔가 관계가 삐걱거릴 때나 자식과 관련된 일이 어긋났을 때 혹은 경제적 어려움이 생겼을 때도 나는 비슷한 증상을 겪었다. 사는 게 정말이지 힘들다는 생각과 더불어 쓸쓸함과 허무감이 파도처럼 밀려오면서 깊은 나락에 거꾸로 처박힌 것처럼 의욕이 없어지는 상태.

삶에는 수많은 문젯거리가 있지만 나는 의욕의 손을 놓치는 게 제일 무서운 일이라고 생각한다. 의욕이 없어지면 나를 버텨주던 힘도 내 몸을 버리고 도망가는 거짓말 같은 일이 순식간에 일어나니까 말이다. 정신을 차리고 생각하면 원인은 모두 비슷해 보였다. 무언가가 내가 기대했거나 계획했던 대로 되지 않았을 때 나는 삶이 너무 힘들다고 느낀다. 그때 누구라도 내 마음을 알아주거나 내가 하소연을 할 만한 곳을 찾게 되면 그나마 거기서 빨리 헤어 나오지만, 그렇지 않을 때는 컴컴하고 깊은 우물 속으로 곧장 가라앉는다. 지금 돌이켜 그때를 생각해보면 아마도 그게 우울증 아니었을까? 밤에 잠이 들면서 아침에 깨어나지 않았으면 좋겠다고 생각했던 그 증상이 아마도 우울증 같은 것 아니었을까 싶다.

물론 내 곁에는 토끼 같은 새끼들이 조롱조롱 있었으므로 억지로라도 기운을 내서 몸을 일으킬 수밖에 없었다. 당연히 나는 아침이면 다시 일어나 밥하고 살림하며 살아갔다. 하지만 빈번하게 반복되어 나를 괴롭히던 이 문제는 이후 내 인생의 화두가 되었다. 어떻게 인정과 보상 없이도 우울한 기분 속에 처박히지 않고 집안일을 잘해낼 수 있을 것인가. 사는 일이 내 마음처럼 되지 않을 때도 어떻게 기운을 잃지 않을 수 있을까. 더 나아가 기분과 기운을 스스로 북돋아 내 몸을 내가 움직일 방법은 없는 것일까?

목욕하고, 산책하고, 친구 만나 수다를 떠는 등 소소한 방법을 활용해보지 않은 건 아니지만 그런 식의 기분전환은 임시방편일 뿐이었다. 내가 모르는 근본적 해결 방식이 꼭 있을 것만 같았다. 왜냐면 세상에는 내가 살고 싶은 그런 모습으로 살았거나 살아가는 사람이 분명 존재하는 것 같으니까. 아직 좋은 삶이 어떤 것인지는 알지 못하지만 이제 내가 되고 싶은 모습은 희미하게나마 그려볼 수 있었다. 자기 안에 실타래처럼 엉켜 있던 어려운 문제들을 풀거나 치워버려 마음이 가벼운 사람. 그리고 꽤 무거운 짐도 넉넉히 감당할 만큼 힘이 센 사람! 이미 그렇게 살았거나 살아가는 사람들이 있다면, 그렇게 살 방법 또한 분명 있다는 뜻 아닌가.

2.

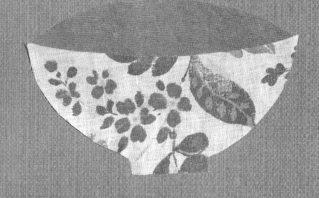

공부 말고는

방법이

없군요

'혼자 읽는 책'이
부딪힌
한계

온갖 문제에 휩싸이고 휘둘리며 30~40대를 보내는 동안, 그렇다고 내가 마냥 손 놓고 있었던 건 아니다. 물에 빠진 놈 지푸라기라도 잡는 심정으로 비폭력 대화법, 코칭 교육, 감수성 훈련 등 내 형편에서 가능한 다양한 프로그램에 참여해봤다. 물론 이런 프로그램들에서도 도움을 받긴 했지만 늘 아쉬운 마음이 남았다. 그런 프로그램 대부분이 '나'보다는 상대에게 초점이 맞추어져 있다는 느낌이랄까. 상대의 의도나 속마음을 내가 먼저 헤아려 성숙하게 대응함으로써 어긋난 관계에서 생기는 고통을 예방하거나, 좋은 관계를 통한 기쁨을 얻고자 함이 목적인 것 같았다.

그러나 내가 지금 왜 이렇게 화가 나는지를 이해하지 못하는 상태에서, 부글거리는 내 마음을 뚫고 상대의 마음을 헤아리는 게 실제로 가능할까? 예를 들어 고장 난 기계를 고치려면 수리 방법보다 기계의 구조와 고장의 원인을 먼저 알아야 하지 않을까 하는 생각이 자꾸 들었다. 내가 고장 난 상태라는 게 문제니까. 그래서 내가 결국 의지하게 된 것은 전문가가 주도하는 프로그램보다는 '책'이었다. 어릴 때부터 나에게는 책에 대한 무한한 신뢰가 있었고 책이야말로 '믿을 수 없거나 너무 멀리 있는' 학교 공부를 대신하여 좋은 삶에 가 닿을 수 있는 동아줄과도 같은 수단이라 줄곧 믿고 있었던 까닭이다.

무엇보다 책은 언제나 손 닿는 곳에 있었고 적은 비용으로도 구할 수가 있었으니까. 어렸을 때는 하기 싫고 집중이 잘 안 되는 학교 공부 대신 책을 읽었고, 나이가 들어서는 어찌 감당해야 좋을지 알 수 없는 문제가 닥칠 때마다 책을 찾아 읽었다. 나에게 책은 일종의 도피처이자 의지처였던 셈이다. 확실히 그랬다. 남들은 음식을 어떻게 해야 할지 모를 때 엄마한테 물어본다던데 나는 엄마에게 물어보는 대신 요리 책을 열심히 읽었고, 아이들을 키울 때는 육아 책을 읽었다. 이후에 아이들 진학 문제로 고민할 때 역시 책을 찾아 읽었으며, 남편과의 관계 혹은 내 정체성의 문제를 고민하면서도 책을 읽었다.

나이 들어 내가 주로 찾아 읽은 책들은 이처럼 당면 문제와 관련한 실용서가 많았다. 하지만 그런 것만 본 건 아니다. '엄청난 독서가'라고 자타 공인된 분의 강의를 인터넷으로 찾아 들으며 그분이 좋다며 권한 책들 — 단테의 『신곡』이나 그리스 비극 같은 어마어마한 고전 — 도 무턱대고 읽었고, 솔직히 무슨 말인지도 모르는 〈창작과비평〉 같은 잡지도 어떻게든 읽어보려 애를 써봤으며, 〈녹색평론〉이나 〈작은 것이 아름답다〉 같은 잡지를 정기 구독하며 영향을 받기도 했다. 물론 지적 허영심도 작용했겠지만 내 질문에 대한 답을 얻는 데 꼬투리라도 잡고 싶은 갈망이 늘 있었다.

헛발질을 했거나 말거나, 그때의 나에겐 달리 방법이 없었으므로 그렇게 책을 읽고 고심 끝에 내린 결론에 따라 그때그때 어떤 선택을 하며 근근이 살았던 것 같다. 그럼 이때 내가 했던 건 공부가 아니었을까? 나중에 학교 밖에서 공부를 다시 시작하고 보니, 공부란 결국 '책 읽기와 글쓰기'의 과정이었고, 나도 책 읽기와 일기 쓰기를 놓지 않고 하고 있었다는 점에서 보면 나름으로 '공부'라는 걸 하고 있었던 셈인데 어째서 그때는 지금처럼 문제를 풀 수가 없었던 것일까?

돌이켜 생각하면, 그 시절의 나에겐 '좋은 책'을 선택하는 안

목이 없었다는 게 가장 큰 문제였다. 선택의 기준이 없는 내가 책을 고르는 방법은 대체로 세 가지였다. 첫째, 신문의 서평란이나 내가 구독하는 잡지에서 추천하는 책들을 구한다. 둘째, 읽어가면서 괜찮다는 느낌이 드는 책 내용 속에 저자가 언급해놓은 책들을 구한다. 셋째, 가끔 대형 서점에 가서 하염없이 이 책 저 책 뒤지다가 꽂히는 걸 산다. 지금 생각해봐도 예전의 내가 취할 수 있었던 최선의 방법이었지만, 이 방법만으로 내 문제를 풀어줄 책을 만나기는 쉽지 않았다.

어쨌든 이렇게 선택한 책을 처음 손에 들었을 때는 설레는 마음으로 잔뜩 기대에 부풀어, 작가의 대단한 경력과 비교되는 나의 수준에 열등감을 느끼면서, 무한한 존경심을 가지고 '읽기'를 시작한다. 하지만 납득하고 동의할 만한 과정이 충분히 제공되지 못한 채로 책의 저자인 자기가 내린 결론을 무조건 믿고 따르라고 명령하는 것 같은 느낌이 들면 애초의 믿음과 존경이 스르르 사라지고 만다. 내 문제를 풀 '방법'은 역시나 찾을 수가 없구나 하는 아쉬움과 함께.

예를 들어 나는 꽤 많은 육아 책을 읽었는데, 종류는 많아도 입장은 딱 두 가지였다. 아이를 굳세게 믿고 지켜보면 된다는 쪽과 제때 적절히 개입해야 한다는 쪽. 그런데 입장은 달라도 주장하는 방식은 거의 동일했다. "아이는 ~한 존재니 이렇게 해라,

저렇게 해라!" 물론 모두 지당한 얘기였지만 현실에서 적용할 수 없는 이론은 내게 아무런 의미가 없었다.

"부모가 자유롭고 행복해야 아이도 잘 큰다는 건 나도 알죠. 근데 내가 수많은 문제 속에서 어떻게 해야 자유로워질 수 있는지를 모르고 헤매고 있는 동안에도 아이는 크고 있다고요. 아이에게 잠깐만 기다려달라고 할까요? 이미 남부럽지 않게 잘 자란 자식들을 보면서 자신의 경험치를 결과적으로 그렇게 얘기하기는 쉽겠지만, 나는 당신의 얘기에서 지금 당장 실행할 수 있는 어떤 구체적인 방법도 찾을 수가 없다고요!"

좋은 책을 골라내는 안목이 없다는 점 말고도, 혼자 하는 공부로 내가 오래도록 끙끙대던 문제를 풀지 못한 또 하나의 이유가 있었으니, 제아무리 대단한 책이라도 결국은 읽는 사람이 알아볼 수 있는 만큼, 이해할 수 있는 만큼만 그 가치를 보여준다는 걸 그때는 몰랐기 때문이다. 글자를 읽는다고 해서 의미를 이해하는 것은 아니며, 결국 읽는 사람의 수준만큼만 해석도 가능하고 그 책의 양분을 섭취할 수 있다는 것. 내가 나를 이해하지 못해 변하지도 못하는 채로, 20대나 30대나 40대나 고만고만한 눈으로 세상을 바라보는 중이었으니 유명 고전을 읽어도 줄거리 말고는 크게 얻을 게 없음을, 나중에 진짜 공부를 해본 후에야 알았다. 어떤 재료가 들어가든 늘 똑같은 방식으로 조

리해서 비슷한 맛의 음식을 내놓는 요리사처럼 나도 꼭 그런 모

습으로 책을 읽고 있었음을.

쉰 살,
진짜 공부를
시작하다

쉰 살이 되던 해에 바야흐로 나는 공부를 시작했다. 어떻게 살아야 하는지 그 방법을 알려줄 진짜 공부에 대한 동경이 늘 있었고, 혼자 읽는 책은 한계가 있고 혼자 해결할 수 없는 문제가 많다는 것도 알았지만, 대학원을 가겠다는 생각은 해본 적이 없으므로 공부의 길이 없는 줄로만 알았다. 그러던 어느 날 신문에서 학교 밖 연구자들이 만든 '공부 공동체'가 있다는 기사를 보았는데, 심장이 쿵 내려앉을 정도로 흥분이 되었다.

당장이라도 뛰어갈 태세로 홈페이지를 찾아 들어갔는데, 강의료가 생각보다 만만치가 않았다. 서너 달가량 주 1회 강의를 듣고 글을 쓰고 그에 대한 평가도 듣고 하는 비용이 30만 원 정도였던 걸로 기억한다. 한 달로 치면 10만 원이 안 되는 것이니 절대로 큰돈은 아니지만 한꺼번에 내야 한다는 게 부담이었다. 그때도 여전히 나는 살림에 '빵꾸'를 내고 있었고 애들도 한창 클 때라 내 학비까지 더해 적자를 늘릴 용기가 좀처럼 나지 않았다.

그렇게 몇 년을 홈페이지만 들락거리며 흘깃거리다가 2010년 가을, 형편이 좀 나아지면서 '루쉰' 수업에 처음으로 등록을 했다. 꽤 오래 멀리서 쳐다만 봤는지라 기대는 엄청나게 컸지만, 그 공부의 실재가 어떤 것인지는 상상도 못 한 채로, 그러나 진짜 설레는 마음으로! 그런데 왜 하필 루쉰 수업이었냐고? 그나마 이름이라도 들어본 게 그 강좌뿐이었기 때문이다.

처음 공부하러 갔을 때 가장 당황스러웠던 건 기초반, 중급반, 고급반 같은 것이 나뉘어 있지 않다는 점이었다. 학원은 물론이고 하다못해 '자녀와의 대화법'을 배울 때조차 기초반과 심화반이 따로 있었는데, 이곳에는 그런 경계가 없었다. 그냥 선생님들 각자의 관심과 공부 목표에 따라 기획한 강의가 공지되면 관심 있는 사람들이 등록을 하고, 그들이 모여 몇 달에서 길게는 1년까지 함께 공부하는 과정이 주 1회 정도 진행되는 식이었다.

모여드는 사람들도 천차만별이어서 똑같이 루쉰을 공부하

겠다고 왔어도, 나처럼 공부가 뭔지 감도 못 잡는 생초보부터 이미 10년 이상 공부하고 있는 선배들까지, 그러니까 초등학교 1학년과 고등학생이나 대학생을 한데 섞어놓고 공부가 진행되는 셈이나 마찬가지였다. 나이도 20대부터 50대까지. 이래서 어떻게 공부가 되겠나 싶었다. 초보자라고 누가 더 친절하게 알려주는 것도 아니었고, 그렇다고 무시하거나 잘난 척하는 사람도 없었다. 나이로 나누고, 성별로 나누고. 성적으로 나누고, 경력으로 나누고… 이런 식의 위계에 따라 결정된 구역 안에서 50년을 살아온 내게는 엄청 신기한 경험이었다.

큰 그릇에 음식을 담아두고 알아서 가져다 먹으라고 하면 아이는 아이대로 성인은 성인대로 각자의 소화력과 먹는 속도에 맞춰 먹게 되듯이 공부 또한 각자의 양껏 하면 되는 방식이라는 것은 한참이 지난 후에야 알았다. 선생님이 계시고 강의를 듣기도 하지만, 일방적으로 내용을 전달받는다기보다는 그 안에서 내가 챙길 수 있는 만큼 배워서 가져가는 것. 멋진 방법 같았지만 초보자에게 만만한 공부는 아니었다. 우리말이 외국어처럼 보이고 들리던 기억이 아직도 생생하다.

루쉰이 중국 사람이고 『아큐정전』이라는 걸 쓴 사람이라는 정도만 알았던 나는, 앞뒤가 맞아떨어지지 않고 줄거리도 없는 것 같은 요상한 루쉰의 소설들을 매번 황당하게 맞이할 수밖에 없었다. '희망'을 부정하는 것 같은 선생님의 강의도 어리둥절했다. 더욱이 그렇게 감도 잡히지 않는 사람에 대한 글을 대체 어떻게 써야 할지 몰라 새벽까지 컴퓨터 앞에 멍하니 앉아 있곤 했다.

뭐야, 내가 알던 것과 왜 이렇게 다르지? 대체 루쉰은 '희망'을 왜 싫어했던 거야? 그래도 내가 일기를 써온 세월이 얼만데 이렇게 전혀 쓸 수가 없다는 게 말이 돼? 이런 이상한 사람을 왜 훌륭하다고 하는 걸까…. 이런 질문과 혼란 속에서 흔들거리고 여기저기 기웃거리며 이유를 찾아보고 방향을 잡아보려 애를 썼지만, 그게 그렇게 간단히 해결될 일이 아니었던 거다.

내가 새롭게 알게 된 게 이미 알고 있던 것과 다르다면, 그동안 내가 안다고 생각했던 건 뭐지? 내 머릿속에 있던 건 어떻게 해서 생겨난 거지? 나는 '희망'이라는 것에 대해 한 번도 생각해 본 적이 없는데 어째서 희망은 이런저런 거라는 이미지가 내게 있을까? 이런 의문이 생겨나고 풀려가고 다시 생겨나는 무수한 과정을 거쳐야만 비로소 이해가 가능해진다는 것 역시, 공부를 시작하고 한참이 지나서야 깨닫게 되었다. 공부를 막 시작하던 그때는 그 혼란과 흔들림 자체가 공부의 길에 들어선 증거였던 셈이다.

감도 잡지 못하는 채로 첫 수업이 끝나버렸지만, 이후 다시

80

루쉰을 공부하게 되었을 때는 루쉰을 다소나마 느껴볼 수 있었고, 7년쯤 후에는 루쉰에게서 내가 알고 싶었던 '좋은 삶'의 구체적 모습을 발견하게 되었다. 바로 이런 게 이곳만의 공부 방식이었다. 분명 똑같은 책, 똑같은 글자인데도 볼 때마다 다른 게 느껴지고 다른 게 보인다는 건 신기하고 멋진 일이었고, 나 혼자 내 세계 속에서 허우적거릴 때는 경험하지 못했던 일이다.

이런 게 '변화'라는 것이고, 나와 다른 사람들을 만나고 다른 세계를 공부하면서 무언가 낯선 것이 계속 스며들어 내 신체를 바꾸어가기 때문에 생기는 일이라는 것도 나중에야 알았다. 또 동료들이 공부를 시작한 지 얼마가 되었건 간에 그들이 쓴 글, 그들이 세상을 보는 눈과 방식을 통해 차이를 이해하고 배우게 된다는 것도.

혼란만 가득 안긴 채 첫 번째 공부는 그렇게 마무리가 되었다. 머리가 복잡해지니까 마음도 급해져 곧바로 1년 과정의 강도 높은 수업에 도전했다. 일주일에 이틀, 하루에 두 과목의 수업이 있었고, 석 달을 한 학기로 해서 네 학기 동안 진행되는 '빡센' 과정이었다. 30명 정도의 동료가 모였는데, 나와 비슷한 연배의 현직 교사도 있었고 동시통역사, 대기업에 다니는 30대 직장인, 그리고 나 같은 아줌마까지, 20대에서 50대까지 화려한 친구들을 이곳에서 만났다. 지금도 종종 느끼는 바이지만 이렇게 다양한 연령대의 친구들과 격의 없이 만날 수 있는 곳은 공부의 장밖에 없지 않을까 싶다.

수업은 한국 현대문학, 중국 고대사와 현대사, 인문학의 기초가 될 만한 몇몇 텍스트, 양자역학 같은 최근의 과학 이론 등으로 구성되었는데, 과목마다 선생님도 달랐고 나로서는 난생처음 접하는 신기한 내용이었으며, 하나같이 재미있었다. 대학 때의 세미나가 주로 세상 전체의 얼개와 관련되어 있었다면, 나이 오십에 시작한 이 새로운 배움은 그 세상이 다시 나와 어떻게 연결되어 있는지를 알게 해주는 공부였다는 생각이 든다. 아무튼지 하나하나 알아갈 때마다, 탐정소설이라도 읽는 것처럼 얽혀 있던 고리들이 하나둘 풀리는 강렬하고 신기한 느낌을 받았다. 지금 돌아보아도 공부를 시작한 이 첫해가 제일 짜릿했던 것 같다. 배우는 것마다 모두 그간 내가 품어온 생각을 두드려 깼고, 깨지면서 신나보기는 또 처음이었다.

그저 강의만 듣는 게 아니라 글을 써야 했다. 수업이 진행되는 동안에는 각 강의에 앞서 미리 책을 읽고 매번 1~2장의 짧은 글을 써 가는 게 모두에게 주어진 과제였고, 그날그날 수업에서는 한 사람씩 돌아가며 발제문을 썼다. 사실 발제문이라는 건 단순한 내용 요약을 넘어 자신이 지닌 입장과 문제의식을 드러내며 그날 수업에서 촉매 역할을 해야 하지만, 그런 수준으로

써본 적은 거의 없는 것 같다. 내용을 읽고 소화하는 것만도 힘에 부쳐, 그나마 요점 정리라도 하면 다행이었다.

한 학기가 끝날 무렵에는 좀 더 긴 분량으로 소논문 형식의 글을 써야 했다. '에세이'라고 부르긴 했지만 그간 내가 알고 있던 신변잡기의 가벼운 글이 아니라, 한 학기 동안 공부한 내용을 잘 녹여낸 글, 자기만의 문제의식과 해결 과정이 드러나는 논리적인 글이어야 했다. 평소 가지고 있던 삶에 대한 문제의식이 텍스트와 만나 구체적인 문제로 발전하고, 그 문제를 전개해가며 그에 대한 자기 나름의 답을 내놓는 과정이다. 이 과정이 얼마나 논리적으로 유연하게 전개되는지, 문제해결의 방식이 얼마나 현실적이고 새로운지가 에세이의 관건이었다. 누가 만들었는지는 몰라도 이게 이곳에서 하는 공부의 전통이었는데, 왜 꼭 '글'로 써내야만 하는지는 역시 나중에야 깨달았다.

에세이 발표 날은 모든 선생님과 모든 동료가 둘러앉은 가운데 돌아가며 자기 글을 낭독한 뒤 모두에게 일일이 조언을 들었는데, 인원이 많다 보니 아침에 시작해도 온종일이 걸렸다. 나는 대개 일주일 내내 끙끙거리다가 결국 전날 밤을 홀딱 새워서 겨우 써 가곤 했는데, 밤새 쓴 글이 컴퓨터에서 감쪽같이 사라지는 참사를 겪은 적도 있고, 압박감을 못 이겨 끝내 못 쓰고 만 적도 있다.

마음의 부담이 심했는데, 지금 생각하면 잘 써서 인정받고 싶은 욕심 때문이었구나 싶다. 떨리는 목소리로 낭독하던 동료들의 상기된 표정, 내 느낌과는 전혀 다른 선생님들의 평가를 들었을 때의 놀라움, 내 글을 읽고 선생님들의 평가를 기다릴 때의 조마조마하던 마음, 팽팽한 긴장감을 느끼다가도 문득 내가 이런 세상에 속해 있다는 게 신기하고 믿기지 않아 잠깐씩 몽롱해지던 그 분위기가 지금도 손에 잡힐 듯 눈에 선하다. 에세이 발표가 끝나고 다 같이 술집으로 몰려가 갖는 뒤풀이 자리도 신났고, 아무튼지 지금까지 내가 살아온 세상과는 다른 '맑고 활기찬' 그 공기가 그저 좋았다!

가끔 선생님들 칭찬도 받고, 동료들 사이에서 열심히 공부하는 학인이라는 평도 들으면서 생전 처음으로 자신감도 맛봤다. 그렇게 1년이 정신없이 지나갔는데, 중요한 건 이해의 공부를 통해 내가 공부의 맛을 단단히 알게 되었다는 거다. 그래, 이런 게 내가 찾던 진짜 공부지! 예를 들어 에드워드 사이드는 『저항의 인문학』이라는 책에서 오랜 세월 동안 서구인들이 마치 범접할 수 없는 성지처럼 만들어놓은 '고귀한 인문학'이라는 것의 이미지를 공격한다. 뭔가 아름답고 신비한 삶의 비밀이 잔뜩 숨겨져 있을 것 같긴 하지만, 대학원 석사·박사처럼 길고 복잡한 과정을 거친 사람들만이 접근 가능할 것 같은 그런 세계가 그동안 내가 막연히 생각해온 인문학이었다. 하지만 보통 사람들이 범접할 수 없는 고귀한 세계 따위가 따로 있는 것이 아니므로 막연한 동경과 열등감을 품고 곁눈질을 하는 대신 그냥 그 세계 속으로 뛰어들어 읽고 쓰면 된다는 속 시원한 얘기였다. 공부를 시작하고 10여 년이 지난 지금은 에드워드 사이드의 이야기가 진실이라는 것을 100퍼센트 확신한다.

또 양자역학은 우리 눈에 보이는 세계가 전부가 아니라는 것을, 과학에 일자무식인 나도 알아들을 수 있게 '과학적으로' 증명해주었다. 그뿐인가. 중국의 사마천이라는 사람은 억울하게 궁형을 당하고 절치부심하여 글을 쓰기 시작해, 정말이지 지금 내가 읽어도 어마어마하게 방대하고 재미나고 생생한 이야기인 『사기』라는 텍스트를 남겼다. 그것도 대나무로 만든 죽간이라는 것에 일일이 손으로 써서 말이다. 이런 일이 인간의 지성에 의해 이루어질 수 있음을 알았다는 것만으로도 새로 공부를 시작한 나는 벅찼고, 나 또한 변할 수 있을 것 같았다. 이제 더는 공부가 저 너머 아득한 곳에 있는 막연한 희망이 아니었으므로 제대로 살아갈 길을 찾았다는 안도감과 변하고 싶다는 열망으로 가슴이 터질 것만 같았다. 내 생애 최고의 해였다.

공부의 첫사랑,
스피노자와
『에티카』

2년의 초보 시절을 거쳐 의욕 충천했던 3년 차에 '운명처럼' 스피노자를 만났다. 스피노자의 대표작 『에티카』를 다양한 참고 서적과 함께 1년 동안 공부하는 과정이었고 내 철학 공부의 시작이었다. 내가 '운명'이라는 거창한 단어로 스피노자와의 만남을 표현하는 데는 그럴 만한 이유가 있다.

어릴 때부터 스스로를 '의지박약자'라고 느끼며 고민이 많았던 나로서는, 나를 부자유하게 구속하고 있는 것만 같은 모든 일의 이유, 어째서 어떤 일은 해야 하는 줄 알면서도 하게 되지가 않는 반면에 또 어떤 일은 기꺼이 하게 되는지, 왜 내 마음은 여러 개로 갈라지는지, '너'도 '나'도 부정하지 않고 차이를 해결할 방법은 없는지, 외부의 인정이나 보상을 구걸하지 않고 나를 움직일 방법은 없는 건지 등을 진짜 알고 싶었다. 그리고 이 모든 문제의 원인을 이해함으로써 해결 방법을 찾고 싶은 마음이 참으로 간절했다. 세상을 이해하기 전에, 아니 세상을 이해하기 위해서라도 제일 먼저 이해해야 할 대상은 '나 자신'이었으니까.

솔직히 나는 대의명분 같은 건 품어본 적 없는 이기적인 인간이다. 아버지에게 힘을 보태야 한다는 생각을 했을 때도, 대학 시절 사회문제에 관심을 갖게 되었을 때도, 그 이후 먹고살려고 영업 일을 할 때도, 밥하고 살림하며 아이들 키울 때도 오로지 그 이유는 '나 자신을 위해서'였음을 스스로 잘 알고 있었다. 불편함을 참지 못하다 보니 나 자신의 '편함'을 위해 한 일이었다는 얘기다. 그러니 헌신이나 희생 따위는 나에게 가당치도 않았고, 책임이나 의무 같은 것도 절실히 실감한 적은 없다. 헌신, 희생, 대의명분을 중시하는 사람이었다면 당연하게 받아들였을 많은 일을 나는 늘 불편하게 느꼈고, 그것을 문제라고 여겨 고민한 것을 보면 내가 이기적 인간이라는 점은 틀림이 없는 것 같다.

아주 가끔 '내가 이상한 사람인가' 생각해본 적은 있는데, 이상하게도 양심의 가책은 느껴지지 않았다. 그러니 내가 공부를 시작한 이래 동양철학, 불교, 문학 등 여러 분야를 기웃거리고 나서 결국 철학, 더 정확히는 윤리학에 집중하게 된 건 당연한 귀결인 듯하다. 예전에는 철학이 삶과 동떨어진 추상적이고 복잡한 학문인 줄로만 알았는데, 알고 보니 철학이야말로 일상과 가장 가까운 공부였다. 범박한 설명이기는 하지만 철학이란 각각의 철학자가 개념을 도구 삼아 그린 삶의 지도 같은 게 아닐까? 철학자들은 자기가 발명한 개념으로 일상에서 드러나는 삶의 현상을 설명하고, 자신의 개념이 삶을 이해하고 삶의 방식(윤리)을 새로 발명하는 데에 유효하다는 것을 증명하고자 한다.

예를 들어 우리도 알고 있는 '영원성' 같은 개념도 철학자마다 사용하는 방식이 다르고(영원성을 죽고 나서야 도달할 수 있는 어떤 것으로 보느냐, 아니면 살아생전에 경험할 수 있는 것으로 보느냐에 따라 삶의 윤리를 구성하는 방식이 완전히 달라질 수 있다), 그에 따라 세상을 설명하는 방식도 달라진다. 그러니까 결국 어떤 철학도 그 자체로 옳거나 그르다고는 얘기할 수 없고(물론 비판은 할 수 있겠지만), 각자의 문제를 푸는 데에 적합하고, 거기서 좋은 삶의 모습과 방식을 얻을 수 있다면 그것이 자신에게 가장 알맞은 좋은 철학이 아닐까 싶다. 물론 내 좁은 소견이지만.

바로 그런 의미에서, 공부를 시작한 지 얼마 안 되었을 때 내인생 최초의 철학자로서 스피노자를 만난 건 정말이지 행운이었다고 생각한다. 내가 내 부모의 자식으로 태어난 게 운 좋은 일이었다는 건 얼마 전에야 겨우 알게 되었지만, 공부 초기에 스피노자를 만난 게 대단한 행운이었다는 건 만나자마자 바로 알았으니 말이다.

지금까지도 스피노자의 『에티카』는 내 공부의 교과서와도 같아, 나는 선택해야 하고 판단해야 할 일이 있을 때, 슬프고 힘든 일이 생겼을 때를 비롯해 삶에서 만나는 대부분의 문제를 『에티카』를 통해 푼다. 한마디로 스피노자의 철학에는 내가 몇 십 년간 혼자 끙끙거렸던 문제들을 풀 수 있는 길이 있었기에 요샛말로 치자면 스피노자는 나에게 '원픽(onepick)'이었고, 그래서 이것을 운명적 만남이라 믿는다!

하지만 '좋은 것'과 '쉽고 편한 것'이 반드시 일치하지는 않는 법이다. 사실 『에티카』는 기하학적 증명의 방식으로 되어 있어 이해하기가 무척이나 어려운 텍스트였다. 그동안 대여섯 번은 읽은 것 같은데도 아직도 충분히 이해하고 있는지 어떤지 잘 모르겠다. 그러니 아직 초짜였던 그때 뭘 얼마나 이해했을까마는 그래도 스피노자가 전달하고 싶었던 전체적 맥락은 파악했던 것 같고, 그것만으로도 나는 복권에 당첨되기라도 한 듯 표현할 길 없는 벅찬 감동을 느꼈다. 왜냐하면 분명 길이 있다는 걸 알았으니까. 그 길이 아무리 가기 어려운 길이라도 길이 있는 것과 아예 없는 것은 완전히 다른 거니까.

이 수업도 20명 남짓한 동료들과 함께했고, 다들 스피노자가 열어준 새로운 세상에 고무되어 열띤 분위기였다. 세상 밖에서 인간을 심판하는 신의 개념이 깨져나갔고, 선과 악이 '기쁨과 슬픔'으로 대체되었으며, 내가 느끼는 감정을 통해 나의 에너지(활동 역량)의 오르내림을 이해할 수 있게 되었다. 하지만 처음 접한 그해에 다 이해하기에 스피노자와 『에티카』는 너무 버거웠다. 1년의 과정이 끝나고 기말 에세이(소논문)를 쓰는데 앞뒤가 잘 꿰어지지 않아 꽤나 애를 먹었고, 동료들이 발표하는 에세이를 들으면서도 뭔가 아쉬웠던 기억이 남는다.

그 아쉬움과 허기를 채워보려고 얼마 후 또 다른 공부의 장에서 하는 『에티카』 강의에 등록했는데, 그나마 선행 학습을 한 덕으로 한결 재미나게 수업에 임할 수 있었다. 고맙게도 동료 한 사람이 맨 앞에서 열심히 강의를 녹음하고는 그 파일을 아낌없이 공유해주었다. 매주 한 번 두 시간 남짓 강의를 들으러 갔으며, 집에 돌아와서는 동료가 공유해준 파일을 듣고 또 들으며 녹취를 풀고 내 말로 정리해 노트를 만드느라 정신을 쏙 뺐다. 한 주치 분량을 정리하는 데 꼬박 닷새가 걸렸던 것 같다.

에티카의 '정리'와 증명 과정을 끙끙거리며 이해해서 옮겨 적고 그 밑에 강의에서 들은 내용을 다시 정리해 넣으면서 어려운 텍스트를 한줄 한줄 이해해가는 그 공부가 마치 외국어를 번역

하는 것처럼 어려웠지만 어찌나 흥미진진하던지 다른 일은 아무것도 눈에 들어오지 않았다. 새로운 걸 하나 이해할 때마다 '나 자신'에 대한 이해도 깊어졌고, 아는 만큼 변화하고 싶은 열망으로 가슴이 뛰었으니 그럴 수밖에 없었을까?

이 강의는 12주 과정이었던 것으로 기억하는데, 식구들에게 겨우 밥을 해주고 잠자는 몇 시간을 빼고는 완전히 『에티카』에 푹 빠져 살았던, 근사한 시간이었다. 마침내 1부에서 5부까지 정리가 끝나고 두툼해진 노트를 손에 쥐었을 때는 보물지도를 손에 넣기라도 한 듯 뿌듯해져서 세상 부러울 게 없었고, 그 노트는 이후 내 『에티카』 공부에 기초가 되어주었다.

그렇다고 당시의 내가 에티카를 충분하게 이해했다는 건 물론 아니다. 다만 그토록 열정적으로, 열애에 빠진 것처럼 『에티카』와 만났던 기억, 몇 세기 전에 살았던 스피노자라는 한 인간의 고귀한 영혼이 손에 만져질 듯 느껴지던 저릿한 감동, 이렇게 멋진 인간이 존재했다는 사실과 그 삶에 경의를 표하고 싶고, 나도 그런 삶의 한 귀퉁이나마 경험해보고 싶다는 강렬한 열망으로 가슴이 터질 것 같던 그 몇 달의 시간은 내 인생 최고의 선물이었다. 나중에 루쉰이나 니체, 들뢰즈 공부도 무척 재미나게 했지만 스피노자를 처음 공부할 때와 같은 그런 순간은 다시 오지 않았다. 아마도 그게 공부에 대한 내 첫사랑이 아니었을지….

스피노자가
운명과 대면한
방식

스피노자는 17세기에 네덜란드에서 태어나 45년간의 길지 않은 생애를 살았던 유대인이다. 스피노자의 일생을 따라가면서 신기했던 건 그가 유대인 공동체의 지적(知的) 그룹 안에서 모든 스승(랍비)의 총애를 받는 '탈무드의 권위자'로서 두각을 나타냈었다는 점이다. 『신학정치론』에서 권력과 유착된 종교의 비합리적이고 미신적인 모습들을 조목조목 지적하고, 『에티카』에서는 가장 이성적인 방식으로 신의 존재를 증명해낸 스피노자가 탈무드의 권위자라니! 뭔가 생뚱맞다고 느꼈다.

하지만 뭐 스피노자의 비범한 지성이나 호기심, 공부에 대한 열정 등을 생각해본다면 그리 새삼스러운 일이 아닌 것도 같았다. 정말로 놀라웠던 건 그가 한 분야의 권위자가 될 정도로 완전하게 몸과 마음을 담가 흡수했고 그러면서도 자신의 삶을 지탱해주던 그 토대에 대해 의문을 던졌다는 사실이다. 우물 속에 사는 개구리가 우물이 세상의 전부인 줄로 알고 사는 것은 못나서가 아니라 어쩌면 당연한 일이 아닐까? 우물 안에 몸을 담근 채로 우물 밖을 본다는 건 그만큼 어려운 일이 아닐까.

스피노자가 『에티카』에서 누누이 강조하듯 '삶에 깊은 주의를 기울이는' 극소수의 사람만이 자기 존재의 지반인 우물을 의심하며, 우물이라는 현재의 세계를 구성하고 있는 가치나 그 기준을 형성해온 역사를 감히 따지고 그 정당성을 되묻는다. 그리고 그런 의문을 품은 이들 중에서도 극소수만이 자신의 마음속 생각을 입 밖으로 꺼내 말하고 마음이 시키는 대로 행동할 수 있는데, 스피노자가 바로 그런 사람이었다.

이미 유대인 공동체 너머의 지적 그룹과 우정을 키우고 있던 스피노자는 24세 되던 해에 아버지가 사망하자 그동안 깊이 탐구하던 인간의 본성이나 신, 종교적 관행 등에 관한 자신의 의견을 드러냈다(그 전까지는 공동체에서 큰 신망을 얻고 있던 아버지에게 누를 끼칠 것을 염려해 그런 일을 조심했었다). 자기 생각을 숨기지 않고 말하며 행동함으로써 스피노자는 유대인 공동체라는 '우물'이 설정한 경계선을 완전히 뛰어넘었다. 하지만 이로써 그가 마주친 곳은 헤렘, 즉 파문과 추방이었다.

"낮에도 그에게 저주가 있을 것이고 밤에도 저주가 있을지어다. 앉아 있을 때에도 저주가 있을 것이고, 일어서 있을 때에도 저주가 있을지어다. 밖에 나가도 저주가 있을 것이고, 안에 있을 때에도 저주가 있을지어다. 주님께서는 그를 용서치 않으실 것이며, 주의 분노와 질투가 그자에게 벌을 내리실 것이고, 이 책 속에 쓰인 모든 저주가 그를 덮칠 것이며, 모든 전체의 저주를 통해 그를 전체 이스라엘 부족으로부터 격리시킬 것이다."

와우! 볼 때마다 머리끝이 쭈뼛해지는 이 저주문이 한 종교의 최고지도자들에 의해 작성되었다는 것, 게다가 한 인간에게 이런 엄청난 저주를 내리는 이유가 단지 자기들이 설정한 세계의 가치와 기준에 의문을 품고 우물 밖 세계를 넘봤다는 이유라는 사실이 정말이지 놀라울 뿐이다. 권력자들이 이처럼 수단과 방법을 가리지 않고 자신의 영토를 지키려 하므로 그 경계를 넘어가면 어떤 무서운 일이 생기는지를 잘 아는 보통 사람들은 사는 게 아무리 힘들어도 우물 밖을 기웃거리지 않도록 길들여지는 것 같다.

그러나 자신이 어째서 그렇게 말하고 행동할 수밖에 없는지 잘 알고 있던 스피노자는 두려워하기는커녕 담담하게 자신이

가고자 한 길을 갔다. 가족을 완전히 떠나 죽을 때까지 렌즈 가는 일로 간소한 생계를 유지했으며 연구와 글쓰기를 계속하다가 폐결핵이 악화되어 세상을 떠났다. 스스로 자신의 행위의 원인이 되고 자신이 만든 원인에 따라오는 필연적 결과를 긍정하는 삶! 그것이 바로 스피노자가 말하는 자유인의 삶이었고 스피노자야말로 그런 삶을 살았던 자유인이다.

자유인! 너무나 근사한 말이고, 또한 동경해 마지않던 삶이었지만 스피노자를 만나기 전까지 내가 막연하게나마 생각했던 '자유'는 스피노자의 자유와 달랐다. 내가 그려온 자유는, 지금의 나를 부자유스럽게 만드는 온갖 나쁜 조건이 없어진 상태에서만 얻을 수 있는 어떤 것, 나를 힘들고 고통스럽게 만드는 모든 요인이 제거된 상태에서만 가능한 것이었다. 따라서 내가 자유롭기 위해서는 부조리하고 정의롭지 않은 사회가 우선 바뀌어야 하고, 내가 도저히 봐줄 수 없는 인간들이 사라져야 하며, 넉넉하지는 않아도 모자라지는 않을 정도의 돈이 주어져야 하고, 남편이나 가족은 나의 수고로운 노동을 알아주고 고마워해야 하고, 세상은 나의 가치를 인정해주어야 하며, 거기에 더하여 나와 가족들은 한결같이 건강해야 하고 서로 화목해야만 했다. 게다가 이런 온갖 조건이 충족된 상태가 변하지 않고 계속 유지될 때라야 나는 자유롭다고 느낄 수 있을 터였다.

하지만 같이 사는 단 한 사람도 내 마음대로 바꿀 수 없는 인생에서 이런 상태가 현실적으로 불가능하다는 것쯤은 나도 알았기에 자유란 나에게 아름다운 그림 같은 비현실적이고 추상적인 이미지로만 존재했었고, 그리하여 온갖 문제를 붙들고 있던 중에도 나는 '자유'라는 단어는 감히 글이나 말에 담아본 적이 없으며 그저 반복되는 내 문제 몇 가지를 풀 수 있기를 바랄 뿐이었다. 아마 나 말고도 대다수 사람이 생각하는 자유 또한 이런 게 아니었을까? 초인적 힘을 갖거나 과거와 현재를 넘나드는 인간들이 주인공으로 등장하는 드라마를 볼 때마다, 인간의 힘으로 어쩔 수 없는 자유의 한계를 저런 식으로나마 넘어가보려는 안간힘 같아서 우울해지곤 했었다.

그런데 정말 놀랍게도 스피노자가 내 인생에 '짠!' 하고 나타나 이런 우울하고 허황된 자유를 현실로 만들어주었다. 이게 내가 스피노자에게 열광할 수밖에 없었던 가장 큰 이유다. 스피노자에게 자유란 '그림의 떡'이 아니었으며, 신이 베푼 구원을 통해 죽고 나서야 도달할 수 있는 것도 아니었고, 재수 좋은 조건에서 태어난 극소수 인간만이 선택적으로 누릴 수 있는 특별한 것도 아니었다. 그에게 자유란, 지금 우리가 몸담고 살고 있는 세상, 바로 이 현재의 시간에서, 그 어떤 열악한 조건 속에 살고 있더라도 누구나가 지금 누리고 경험해야만 할 구체적이고 실제적인 삶이었다. 그게 아무리 불가능해 보이고 실제로 어렵다고 해도 가야만 하고 또 갈 수 있는 길이 있다는 것, 이게 스피노자가 『에티카』라는 텍스트를 통해 증명하고자 했던 간절한 메시지였음을 그때 내가 어렴풋이나마 알아들었다는 게 얼마나 다행인지.

물론 스피노자는 반세기를 훌쩍 넘어서야 자신의 책을 읽을 나를 위해 『에티카』를 쓴 게 아닐 것이다. 스피노자는 오직 자기 자신의 자유를 완성하기 위해 고투하며 살았고 그 과정에서 『에티카』를 쓸 수밖에 없었을 게다. 하지만 탈무드 해석의 권위자로서 촉망받던 미래를 내던지고 저주로 가득 찬 고독한 현실로 나서는 것이 어째서 그에게는 자유의 길이었을까? 그는 어떻게 그 길을 통해 자유에 이를 수 있었을까? 자유의 길이란 어쩔 수 없이 힘들고 고단한 길이어야만 할까? 자유란 게 그토록 어렵고 힘든 길을 통해서라도 기어이 추구해볼 만한 가치가 있는 걸까? 여러 가지 질문이 생겨났지만, 처음 만난 『에티카』 공부가 워낙 만만찮은 일이라 질문의 답을 얻기는커녕 한 구절 한 구절 넘어가기에도 벅찼다.

그렇지만 갑갑한 와중에도, 더 좋은 것을 버젓이 눈으로 보면서도 그것을 따르지 못하고 더 나쁜 것을 따라 살도록 강제되는 인간의 운명을 진심으로 안타까워했던 스피노자의 마음만은 선연하게 느낄 수 있었고(내가 딱 그 모양으로 살고 있었으니 말이다), 그런 삶의 원인과 처방에 관한 스피노자의 이야기만큼은 분명히 알아들을 수 있었는데, 그게 오랫동안 품고 있던 내 문제들을 풀어줄 열쇠라는 것을 알았기 때문이다.

스피노자의 철학은 그가 신(神)이라고 명명하는 자연에 대한 굳센 믿음에서 시작한다. 자연은 한결같으며 자연 안에서는 자연의 결함으로 여길 수 있는 어떤 일도 일어나지 않는다는 것, 이 믿음직한 자연의 힘과 활동능력은, 사물이 발생하여 한 형상에서 다른 형상으로 변화하게 하는 법칙과 규칙을 통해 작동하는데, 이 법칙과 규칙은 인간을 포함한 모든 사물에 한결같이 적용된다고 한다. 즉 세상의 모든 일에는 그 일이 일어난 원인이 있고, 그 원인에는 수많은 요인의 관계가 얽혀 있으며, 그것들이 서로 연관되어 하나의 결과로 나타나는 과정에는 보편적 법칙과 규칙으로서의 자연의 질서가 작동하고 있다는 얘기다. 이게 왜 중요하냐면, 세상에 존재하는 모든 사물에 똑같은 질서가 적용되고 있다면 인간인 나의 본성을 인식하는 방법 역시 명쾌해지기 때문이다. 자연의 보편적 법칙과 규칙에 따라 인식하면 된다는 것.

재미난 건, 스피노자가 인간의 관념이나 감정 역시 자연의 동일한 질서 안에서 결정되는 하나의 '사물'로 보았다는 점이다. "증오, 분노, 질투 등의 감정도, 그 자체로 고찰한다면, 다른 개개의 사물들과 마찬가지로 자연의 필연성과 힘에서 생겨난다. 그러므로 이러한 감정들은 일정한 원인이 있거니와 그 원인을 통하여 인식될 수 있다."(스피노자, 『에티카』, 황태연 옮김, 비홍, 2014, 159쪽)라고 스피노자는 분명히 말한다.

감정이 하나의 사물이라는 것도 놀라운데, 그것이 일정한 원인에 의해 생겨났고 더구나 자연의 보편적 법칙과 규칙에 의해 인식될 수 있다는 이야기는 이전에는 상상도 해보지 못한 것이었다. 게다가 황당할 만큼 놀랍고 신기한 이 사유는 내가 지금의 이 모습, 이런 마음으로 드러나는 데는 분명히 어떤 법칙이 작용하고 있을 것 같다는 나의 오래된 의심이 일견 타당했음을 증명해주었고, 동시에 내게서 일어난 일을 더 잘 이해해 다른 방식으로 살 가능성을 열어주었다. 기계의 원리를 이해하면 지금 어디가 잘못되어 고장이 났는지 알 수 있듯이, 나 자신 또한 자연의 일부이니 자연의 보편적 법칙과 규칙에 의해 작동할 것이고, 그렇다면 이제 나 자신을 이해할 길이 열리게 되는 것이다. 이를 깨닫는 순간 내가 흥분한 것은 당연한 일이었다!

그렇다면 자연의 보편적 법칙과 규칙은 어떻게 알 수 있는가. 『에티카』를 통해서다. 『에티카』라는 텍스트의 1부에서 5부에 이르는 과정 전체가 자연의 법칙과 규칙이 우리 인간에게 어떻게 적용되고 있는지, 그 원리를 통해 어떻게 자기 자신을 이해하고 세계를 이해할지에 관한 세세한 설명으로 이루어져 있으니까 말이다(참고로 『에티카』의 목차는 이렇다. 1부 '신에 관하여', 2부 '정신의 본성 및 기원에 관하여', 3부 '감정의 기원과 본성에 관하여', 4부 '인간의 예속 또는 감정의 힘에 대하여', 5부 '지성의 능력 또는 인간의 자유에 대하여').

기하학적 방식에 따라 논리적으로 증명된 이 텍스트를 나 역시 외국어 읽듯 암호 해독하듯 시작했지만 분명한 건 결국 이해하게 된다는 거다. 그리고 볼 때마다 더 많이 더 깊이 이해하게 되며, 이해하는 만큼 자유로워진다고 나는 확신한다. 마치 보물이 잔뜩 묻혀 있는 광산 같다고나 할까. 캐는 만큼 그 보물은 내 것이 되고, 나는 그만큼의 자유를 얻게 된다. 그런데 스피노자가 알려준 자유에 이르는 비법은 사실 딱 이거 하나다. 당신 삶의 질서이기도 한 이 보편적 법칙과 규칙을 인식하고 또 인식하라! 조롱하거나 슬퍼하거나 화내는 대신 인식하라는 것!

"저에 대해 말씀드리자면 이런 혼란은 저로 하여금 조롱하게 하지도 않고 통탄하게 하지도 않습니다. 오히려 그것은 저로 하여금 철학하게 하고 또 인간 본성을 제대로 관찰하게 합니다. 저는 인간도 다른 것들처럼 자연의 한 부분일 뿐이라고 생각하며, 또 어떻게 자연의 각 부분이 그것의 전체와 조화를 이루고 어떻게 다른 부분들과 결합하는지를 모르기 때문에 자연적 본성을 조롱하거나 나아가 한탄하는 것은 적절치 않다고 생각합니다. 몇몇 자연적 본성들을 부분적이고 단절된 방식으로 지각하게 되는 것은 이와 같은 인식의 결여 때문입니다."[「스피노자 편지, 30 스피노자가 헨리 올덴부르그에게-서신 29에 대한 회신」, 『스피노자 서간집』, 206쪽]

공부에 대한
욕심과
환상

선무당이 사람 잡는다고, 공부 맛을 한 3년쯤 보고 나니 공부 욕심이 하늘을 찌를 듯했다. 구체적으로 무슨 공부였는지 지금은 잘 기억나지 않지만, 일주일에 서너 개 강의를 듣다 보니 정신이 하나도 없었다. 논어, 맹자, 삼국사기, 삼국유사, 푸코, 인지과학, 서양철학사, 그리고 러시아 문학도 몇 달 했던 것 같다. 그 외에도, 이젠 제목도 기억나지 않는 수많은 책을 만났으나 스쳐 지나갈 뿐인 만남이었다고 해야 맞겠다.

이 시절의 나는 새로 개설되는 강의 안내문과 커리큘럼이 하나같이 다 멋져 보였고, 저 공부를 하기만 하면 지금껏 몰랐던 다른 세계를 알게 되고 다른 내가 될 수 있을 것만 같은 강렬한 매혹을 느끼곤 했다. 그래서 살림에 적자를 내면서까지 욕심껏 수강 신청을 하며 '이번에는 기필코 충실히 공부해보리라' 다짐하지만 결국 몸이 마음을 따라가지 못했고, 예습·복습은커녕 간신히 강의를 듣는 데서 끝난 경우가 대부분이었다.

욕심도 욕심이거니와, 이때는 책을 읽으며 공부한 내용을 내 신체로 옮겨 오려면 매우 특별한 주의를 기울여 오랫동안 애써야 한다는 걸 몰랐다. 그저 새로운 걸 알고 열렬히 느끼기만 하면 단박에 나 자신도 변화하여 책에서 말하는 삶을 살게 되리라 믿었던 순진한 시절이었다고 할까. 당시 내가 공부하던 방식을 보면 이런 점이 잘 드러나는데, 질 좋은 노트와 색색의 필기구가 내 공부의 필수 품목이었다.

책을 읽다 보면 정말로 중요해 보이는 부분과 가슴 뛰게 하는 문장이 많았는데, 눈으로만 읽고 흘려보내면 영영 놓쳐버릴 것만 같았다. 그 근사한 문장들을 움켜잡겠다고 나는 매번 그 문장들 밑에 색색의 연필로 확실한 밑줄을 긋고 또 그었고, 그걸로도 부족해 노트에 문장을 옮겨 적었다. 그러고 나서도 뭔가 아쉬워서, 중요도에 따라 색을 다르게 해가며 노트에 옮겨둔 문장에까지 밑줄을 쳤다. 그제야 비로소 그 문장을 소유한 느낌이랄까. 이런 식으로 책이 알록달록 지저분해지고, 노트가 한 권

두 권 쌓이면 마음이 뿌듯해지면서 뭔가 내가 다른 사람이 되어가고 있는 기분이 들었던 것이다.

이 마음이 그저 '공부에 대한 이미지', 즉 환상이었다는 건 꽤 나중에야 알았다. 그렇게 여러 번 밑줄을 긋고 '중요' 표시를 하고 시간과 공을 들여 노트에 옮겨 적음으로써, 나는 그 아름다운 말을 소유하고 싶었던 거고, 또 실제로도 그렇게 되는 줄 착각했던 것 같다. 내가 한 번도 생각해보거나 상상해보지 못한, 삶에 대한 짜릿한 통찰로 가득한 그 매혹적인 말들을 내 노트에 붙잡아두기만 하면 당장에 그런 삶을 살 수 있기라도 한 것처럼 말이다. 좋은 삶을 사는 방법을 배우는 공부가 아니라, '공부를 하고 있다'라는 것 자체로 좋은 삶을 살고 있기라도 한 듯이. 이렇게 하기만 하면 얼마 지나지 않아 그 아름다운 문장처럼 나도 짱짱하고 근사한 사람이 될 수 있을 것 같았겠지?

하지만 그런 일은 일어나지 않았다. '다행스럽게도' 그런 일이 일어나지 않았기 때문에, 그 근사한 문장들이 그 글을 쓴 작가의 삶 내지는 오랜 공부와 숙고의 과정과 분리되어 그 자체만으로 존재하는 것이 아님을 깨달을 수 있었다. 늘씬하고 예쁜 모델이 입고 있는 근사한 이미지에 혹해 옷을 샀지만 막상 그 옷을 내가 입었을 때는 전혀 다른 옷이 되었던 경험을 수도 없이 한 후에야, 내게 잘 어울리고 나를 돋보이게 하는 옷은 결국 내

체형과 이목구비와 낯빛, 그리고 내 취향과 경제적 사정을 두루 고려해 내 스스로 골라야만 한다는 걸 배웠듯, 내 공부도 꼭 그랬다. 예전에 쓴 글들 속에서 그 시절의 심경을 정확히 표현한 걸 하나 발견했다.

"나에게 공부를 한다는 것은, 지금의 내 모습이 애초부터 이렇게 결정되어 있는 것이 아님을 아는 것, 다른 모습의 내가 될 수도 있었고, 앞으로도 다른 내가 될 수 있음을 아는 것이다. 하지만 그건 말처럼 쉬운 일이 아니다. 공부를 시작한 초기에는 새로 알게 된 모든 것이 너무나 신통해 날마다 내가 변하고 있는 줄만 알았는데 4년이 되어가는 지금도 나의 느낌과 말과 행동에는 큰 차이가 없다. 내가 앎이라고 생각했던 건 앎의 이미지 조각들뿐이었고 그 이미지들은 나를 바꾸지 못한다는 것을 이제야 알게 되었다. 50년간 내 몸과 마음에 단단히 새겨진 무의식적인 것들과 오랜 습관을 넘어 다른 길을 낸다는 건 단단한 돌에 무언가를 새기는 일과 같아 보인다. 아주 많은 힘과 공을 들여 분명하게 길을 새겨 넣지 않는 한, 언제라도 나의 정신과 신체는 옛날의 길을 따라가고야 만다." [2014. 10. 12.]

신통하게도 중요한 각성을 하기는 했는데, 이런 반성과 깨달음을 통과했다고 해서 금세 달라지는 건 역시 아니었다. 아마도 거의 2년 가까이 헛발질과 알아채기를 반복한 후에야 공부 욕심과 환상에서 벗어나, 내 힘으로 더듬더듬 생각이라는 걸 하면서 책을 읽게 되었다.

이 책의 이 문장을 나는 왜 아름답다고 느끼는 걸까? 그동안 내가 생각해온 아름다움의 기준은 무엇이었을까? 이 문장을 통해 내가 붙들고 싶은 것은 무엇일까? 그건 혹시 막연한 환상 덩어리가 아닐까? 작가는 이 문장을 읽는 내가 무엇을 이해하기를 바랄까? 내가 가졌던 이미지와 작가의 의도 사이에는 어떤 간극이 있을까? 나는 그 사이를 어떻게 통과해야 할까?

'열심히'의
다른
사용법

공부 4, 5년 차 시절, 공부에 대해 '욕심'과 '이미지'만 가득했던 게 아니다. 돌이켜 보면 '내가 공부하는 사람'이라는 자의식과 자만심도 하늘을 찔렀구나 싶다. 그런데 따지고 보면 이 두 가지는 분리된 게 아니니, '공부하는 사람'이라는 자만심도 결국 그동안 내가 품어온 공부에 대한 이미지로부터 생겨난 거였다. 공부는 무조건 '좋은 거'고 그걸 하는 사람은 '특별한 사람'이라는 이 터무니없는 무의식은 대체 언제 어디서 내 안에 자리 잡은 것일까?

이 시절의 나는 지인들에게 "어떻게 살아야 할지 몰라 공부를 하고 있다"라고 '자랑질'을 했을 뿐 아니라, 밥상머리에 오르는 화제에도 걸핏하면 스피노자를 들이대 식구들을 괴롭혔고, 겉으로 티를 내지 않을 때라도 속으로는 꽤나 우쭐거리는 마음을 품고 있었다.

시간이 흘러, 내가 공부라는 걸 하고 있음에도 불구하고 실제로 나는 거의 변한 게 없음을 알고 난 뒤에야 정신이 퍼뜩 들어 '공부'에 대해 다시 따져보게 되었다. '공부'가 대체 뭐길래 내가 이렇게 신앙처럼 받들고 있는 것일까. 내가 책에서 밑도 끝도 없이 뚝 잘라 온 아름다운 문장이 그 자체로 생명을 갖는 게 아니듯 '공부'라는 것도 그 자체로는 빈껍데기 아닐까? 생각하면 할수록 그랬다. 사실 우리가 그토록 남용하는 '사랑'도 실제 인물들이 맺는 어떤 관계(연인 관계든 부모와 자식 관계든 친구 관계든 아니면 동물과의 관계든 간에) 속에서 구체적으로 만들어지고 제각각 다른 모습으로 존재할 뿐이지, '사랑' 자체가 어디 따로 있는 게 아니다. 마찬가지로 '공부'도 누가 어떻게 하느냐에 따라 각각 다른 '공부하는 사람의 모습'과 그가 창조한 결과물이 있을 뿐 '공부' 자체에 뭐가 있을 리 없지 않은가. 여기까지 생각이 미치니까, 공부를 통해 변하지도 못하고 있으면서 '공부하는 사람'이라는 자만심만 가득한 내 모습이 비로소 내 눈에도 보였다.

이때로부터 공부 자체 내지는 공부로부터 생겨난 환상과 실제 내 모습 사이의 간극을 각별히 의식하게 되었고, 어떻게든 이 간극을 줄여 구체적인 변화를 만들어보려고 정신을 바짝 차렸다. 공부하는 방식도 시행착오를 거치며 점차 바뀌었는데, 가장 큰 변화는 '열심히'에 대한 생각이 달라졌다는 것.

생각해보니 그동안 나는 오랜 시간 궁둥이를 붙이고 앉아, 힘들고 지겨운 걸 참아가면서, 많은 양의 텍스트를 읽는 것. 즉 '긴 시간+눈에 보이는 양으로서의 결과+고통의 감내'를 열심히 공부하는 것이라 철석같이 믿고 있었다. 한마디로 굳센 의지로 자신의 신체를 꼼짝 못하도록 제압하면서 원하는 목표를 향해 몰아가는 이미지다. 사실 그게 어릴 때부터 주입 받아온 '열심히'의 모습이기도 했거니와, 그렇게 열심히 공부하지 못해 결국 고단한 인생길로 접어들고 말았다는 개인적 자책과 회한까지 거기 덧붙여졌던 것 같다. 그래서 공부 4, 5년 차까지는 '더 가열차게 공부해야 마땅한데 그렇게 하지 못하고 있다' 하는 걸쩍지근한 느낌, 공부에 뭔가 빚을 지고 있는 느낌, 이자는 자꾸 늘어나는데 갚지는 못하고 있는, 빚쟁이가 된 것 같은 이 느낌 때문에 늘 개운치가 않았다.

아무튼지 뭐라도 하나 와장창 깨져나가야 그 곁에 있던 다른 것에도 금이 가게 마련이다. 이렇게 공부에 대한 무조건적 신앙과 환상이 깨지고 나니까, 그동안 고이 모셔온 '열심히'의 이미지에도 서서히 균열이 생겼다. 아무리 생각해봐도 그런 '열심히'는 나에게 필요한 '열심히'가 아니었다. 나는 누군가와 경쟁을 하고 있는 것도, 어떤 자격을 얻기 위해 시험공부를 하고 있는 것도 아니었으며, 성과를 내서 누군가의 인정을 받기 위해 공부를 하고 있는 건 더더욱 아니었으니까. 내 목표는 오로지 '좋은 삶'을 향해 '변해가는 것'이었고, 이즈음에는 내가 지금 왜 이렇게 살고 있는지를 충분히 이해함으로써 다른 힘에 속절없이 휘둘리지 않고 내 삶의 주권자가 될 수 있다는 것을 조금씩 알아차리고 있었다. 바로 그것이 그동안 내가 찾아 헤매던 '좋은 삶'이라는 것도.

'내 삶의 주권자'라고 써놓으니 매우 추상적으로 들리지만 사실 이거야말로 내게는 가장 현실적이고 구체적인 문제였다. 왜냐하면 지금껏 나는 돈의 힘에 휘둘려 어떤 선택을 하고, 나보다 힘센 스승이나 남편, 또는 사회적 권위를 가진 전문가의 의견에 휘둘려 판단하거나 복종을 하기도 했으며, 때로는 남의 눈이나 다수의 의견이 무서워, 해야 할 말을 못하고 살기도 했기 때문이다. 그들이 뭐라고 하지 않아도 나는 이미 그 권위를 받아들여 내 대신 결정하도록 내 삶을 내맡겼으며, 다른 힘에 휘둘린다는 것보다 더 큰 문제는 정작 어떻게 판단하고 선택하고 결정해야 하는지를 내가 알 수 없다는 것이었다.

그러므로 다른 힘에 의해 내 삶이 결정되는 것에서 벗어나 내 삶의 주권자가 된다는 것은 내게 곧 '자유인'이 된다는 의미였다. 하지만 이거야말로 '공부'를 필요로 하는 대과업이 아닐 수 없었다. 그 삶을 향해 한 걸음이라도 나아가려면 어떻게 해야 하는가. 이제부터 내가 '열심히' 가야 할 길은 분명 따로 있었다.

지금의 내 삶에는 얼마나 많은 것이 얽혀 있을까? 그걸 어떻게 읽어내고 어디서부터 풀어내야 할까? 다른 힘에 나를 맡기고 살면서도 어찌하여 그걸 몰랐을까? 내가 받아들인 적도 없는 것 같은데 그 힘들은 어떻게 내 삶의 주인 노릇을 하게 되었을까? 그렇다면 나 스스로 설 힘은 어떻게 얻을 수 있을까? 저 위대한 스승들은 이런 문제에 대해 어떻게 생각하고 어떤 윤리를 발명했을까? 그 과정에서 어떤 어려움이 있었을까? 그 어려움은 또 어떤 방식으로 넘겼을까? 이렇게 중차대한 목표를 가지고 공부를 하는데도 게으름을 부리게 되는 원인은 또 뭘까? 절실한 욕망은 어떻게 해야 갖게 될까?

현실적이고 구체적인 질문을 마음에 품고 텍스트를 읽되, 내 얕은 눈으로 보이지 않는 스승의 깊은 속살을 조금이라도 느끼려면 마치 손으로 더듬듯 주의를 기울여야 한다는 걸 그 무렵에 알게 되었다. 즉 몇 시간을 참고 앉아 있었느냐가 아니라, 위대한 스승 니체가 '되새김질'이라고 표현했던 바로 그런 방식으로 읽고 쓰면서 아주 조금씩이나마 내 윤리를 만들어가는 이 과정의 치열함에 대해서만 나는 '열심히'라는 부사를 사용하기로 했다는 이야기다. 사실 개인마다 사안마다 '열심히'는 다를 수밖에 없다고 지금도 생각한다.

'열심히'에 대한 사용법을 이렇게 바꾸니 텍스트의 아름다운 이미지와 외부의 시선으로부터 확실히 자유로워졌는데, 그 구체적 효과는 두 가지였다. 우선, 내 질문을 놓치지 않을 수 있었고 나의 현재 모습도 훨씬 정직하게 들여다볼 수 있게 되었다. 한마디로 주제 파악을 좀 더 할 수 있게 되었다는 것.

내 경험상 '변화'란 막연한 욕망만으로 되는 일이 절대 아니다. 지금의 내 상태를 어떤 변명이나 이미지로 덧씌우지 않고 볼 수 있을 때라야 도달하고 싶은 모습과의 간극도 제대로 드러나고, 그 간극을 건너갈 방법도 찾을 수 있게 되더라는 것. 그리하여 얻은 두 번째 효과는 내 글이 조금 더 단단해지고 구체적이 되었다는 거다.

이후 이어진 공부 과정은 푸코와 니체, 들뢰즈의 철학, 사마천의 『사기』 전체, 루쉰과 나쓰메 소세키의 작품을 거의 1년 단위의 긴 호흡으로 읽어가는 것이었는데, 그때 쓴 글을 보면 확실히 이전보다 나아졌구나 싶다. 글과 삶이 따로 노는 느낌이 줄었고, 텍스트 안에서 글쓴이의 의도를 파악해내는 시선도 깊어졌으며, 무엇보다 '나'를 드러내 인정받고자 하는 얄팍함이 많이 사라졌다. 나는 이걸 내 글이 단단해진 증거라고 여긴다. 내 글이 나아졌다는 것을 우쭐대는 마음 없이 인정하게 되었다는 것도 기쁜 일이었다.

공부의 어려움,
하지만
공부의 그 기쁨

　학교 밖 공부를 하면서 가장 좋았던 건, 나 혼자였다면 절대 고를 수 없었고 접할 수도 없었을 엄청난 책들을 만날 수 있었다는 점이다. 삼사십 대에는 아직 살아갈 날이 무척 많다고 생각했던 것 같다. 셰익스피어의 유명 희곡들이나 푸슈킨, 도스토옙스키, 톨스토이, 고골, 안톤 체호프 같은 러시아의 대단하다는 작가들의 작품, 말로만 듣던 나쓰메 소세키의 글, 또 뭔지는 모르지만 뭔가가 있을 게 분명해 보이는 붓다의 가르침도 사는 동안 언젠가는 읽게 되리라 생각하고 있던 것들이다. 마치 '언젠가는 내 인생에도 좋은 날이 오겠지!' 하는 막연한 희망처럼.

하지만 내 책장 위에 놓인 사소한 물건 하나도 내 손으로 치우지 않는 한은 언제까지나 그 자리에 있는 것처럼, 그런 날이 절대로 그냥 오지는 않는다는 걸 이제는 안다. 나중에 당연히 좋은 걸로 바꿀 것이라 생각하며 스물여덟에 처음 장만한 오디오로 여태 음악을 듣고 있는데 아마도 죽을 때까지 그대로일 것 같다. 물론 선뜻 바꿔 치울 만큼의 여유가 없기도 하지만, 그보다는 반드시 바꾸어야만 할 절실한 이유가 없기 때문이 아닐까.

나이가 들수록 내 힘과 의지만으로 살아가는 게 절대로 아니라는 걸 느끼게 되는데, 결국 나의 선택이나 행위를 결정하는 건 순수한 내 의지가 아니라 그 순간 내가 놓인 위치와 조건이 아닐까 싶다. 만약 내가 음악을 함께 듣고 이야기를 나누는 동호회 같은 곳에 들어갔다면 12개월 할부로라도 더 좋은 스피커를 하나쯤 장만하지 않았을까? 바로 그런 의미에서, 안전하게 현재를 유지하기보다는 무모해 보이더라도 뭔가 새로운 걸 저질러보는 쪽에 훨씬 재미난 일이 많다고 생각한다. 왜냐하면 나이 오십에 새로운 세계에 뛰어들어 공부라는 것을 시작하지 않았더라면 나는 그런 책들 속에 감추어진 세계를 절대 모르는 채로, 그저 혼자 읽는 책 속에서 허우적거리며 답답해하다가 삶을 끝냈을 게 분명하니까. 어쨌거나 새로운 세계에 겁 없이 발을 들였기 때문에 위대한 스승들의 삶과 사유가 담긴 텍스트를 다

양하게 만날 수 있었고, 그 세계를 어떻게 끌어내고 만나야 하는지, 다시 말해 '어떻게 책을 읽고 쓰고 생각해야 하는지'를 가르쳐준 스승님들과, 나이와 성별과 사회적 지위를 불문하고 함께 공부할 수 있는 벗들을 만날 수 있었으니 내 인생에 이보다 근사한 일이 또 있을까 싶다.

또 하나 학교 밖에서 공부하며 좋았던 건, 그렇게나 재미나고 멋진 책을 읽는다는 게 바로 '공부 그 자체'라는 사실이었다. 학교 때는 의무적으로 해야만 하는 학교 공부와 내가 읽고 싶은 '책' 사이에 늘 거대한 벽이 있어 마치 아내와 애인 사이에서 이중생활을 하는 남자처럼 늘 불편하고 찔리는 마음으로 '공부'를 대했던 것 같다. 학교 공부를 할 때는 읽고 싶은 책이 생각나고, 정작 책을 읽을 때는 또 해야 할 일을 놓아두고 딴 짓을 하고 있다는 죄책감 때문에 편치가 않았더랬다. 하지만 이제 '공부'와 나 사이에는 아무런 걸림돌이 없고, 남들이 정해놓은 기준이나 목표도 없으니 모든 것이 '자연스럽다' 하는 느낌이랄까. 마음이 놓이고 편안하게 숨이 쉬어지는 그런 장소에 드디어 자리를 잡았다는 안도감 같은 걸 그때 처음으로 느꼈다. 그래서 아마도 난생처음 '열심히' 공부를 해본 것도 같고. '내가 완전히 의지박약은 아니었구나', '나도 뭔가를 이렇게 열심히 할 수도 있구나!' 하는 뿌듯함이 생기면서 성과와 상관없이 진정한 자신감을 경험할 수 있었다.

유일한 어려움이 있었다면 그렇게 만난 텍스트들이 내 수준에 비해 너무나 높았다는 것, 즉 어려웠다는 이야기다. 마치 외국어로 된 책을 해석하는 것처럼, 전체 맥락을 잘 이해하기는커녕 한 줄 한 줄이 낯설고 그 한 문장을 다음 문장과 연결시키는 일이 무척이나, 아니 지독하게 힘에 부쳤다는 걸 고백할 수밖에 없겠다. 물론 시간이 지나면서 나아졌지만 지금도 새로운 텍스트를 처음 만날 때면 여전히 그런 어려움을 겪는다.

공부 초기에는 이런 어려움이 낯설었고 나로서는 납득이 되질 않았다. 학교 공부를 열심히 하진 않았지만 그래도 일찍이 한글을 깨친 이래로 책을 읽는다고 읽었고 대학물도 먹었는데 한글로 된 책이 독해가 되지 않는다는 게 말이 돼? 솔직히 조금은 이런 마음이 들었는데, 얼마 지나지 않아 사태를 이해하게 되었다. 밥을 하는 일도 처음에는 그토록 어렵고 난감하지 않았나. 하물며 내가 상상도 못해본 세계고, 더구나 이 책을 쓴 사람들이 긴 시간과 노력을 들여 만들어낸 새로운 세상 아닌가. 어려운 게 당연하지 않아? 그렇다. 생각해볼수록 당연했다.

신기한 건, 내가 '이 책을 이해하는 게 당연하다'라고 여길 때와 '모르는 게 당연하다'라고 여기고 시작할 때가 너무나 달랐다는 거다. 당연히 이해해야 마땅한데 이렇게 버벅거리고 있다

고 여길 때는 공부가 너무 어려워 힘들다는 생각이 들고 주저앉
고 싶었지만, 애초부터 어려운 게 당연하다고 생각하니 오히려
넘어가볼 용기가 나고, 한고비를 넘길 때마다 그런 내가 신통하
고 그래서 또 재미가 났다.

그뿐 아니라 같은 책의 동일한 문장이 다시 읽으면 그때마다
다르게 읽힌다는 것도 신기했다. 같은 사람인 내가 똑같은 책을
보고 있는데 어째서 지난번에는 보이지 않던 게 보이고, 느껴지
지 않던 게 느껴지고, 해석되지 않던 게 해석되는 것일까?

심하게 앓고 난 후나 실연으로 한동안 괴로움을 겪은 뒤 문
득 세상이 이전과 다르게 보이는 경험을 해보지 않은 것은 아니
지만, 어째서 그런지 이상하다는 생각은 해본 적이 없었다. 그런
데 똑같은 문장이 반복해서 볼 때마다 점점 깊어지고 넓어지고
풍부해진다는 건 정말 마술 같은 일이었고, 그게 바로 내가 변
하고 있다는 증거라는 걸 나중에야 알았다. 처음 그 책을 읽던
이현옥과 두 번째 읽던 이현옥, 세 번째 읽는 이현옥은 이름은
같아도 같은 사람이 아니라는 것. 그러니까 나는 변하지 않는
본질을 가진 사람이 아니라, 어떤 경험을 어떻게 하느냐에 따라
계속 변해가고 있는 거였다.

사실 악기라든가 춤이라든가 학문이라든가 혹은 뭐라도 배
우면서 숙련의 경지에 도달해본 사람은 이미 다 아는 얘기일 텐

데, 생전 처음으로 무언가를 시도해보면서 어려움의 고비를 넘어보고 이런 차이를 경험해본 나에게는 정말이지 신기하고 놀라운 일이 아닐 수 없었다. 어떤 마음가짐으로 시작하느냐에 따라 이후의 과정이 매우 다르게 경험될 뿐 아니라 반복이 차이를 만들고, 그 차이가 한 번 더 시도하게 만들며, 진짜 재미와 기쁨은 어려움과 함께 온다는 사실! 그동안 내가 재미나 기쁨이 쉽고 편안한 것과 같은 편이라 여기며 살고 있었다는 것도 이때 새삼 알게 되었다.

무탈하고 안온한, 소위 꽃길만 걷는 삶이 곧 '좋은 삶'은 아닌 것처럼, '재미있다'와 '어렵고 힘들다'도 상반되는 게 아니라 그 둘이 오히려 '공존한다'라는 중대한 진실을 죽기 전에 알게 되어 얼마나 다행인지… 이 또한 공부를 시작하지 않았다면 몰랐을 일이다.

'글쓰기'는
가장 좋은
공부

공부를 하면서 내가 가장 깊은 관심을 기울이는 것은, 어떻게 해야 아는 것을 내 몸에 연결시킬 수 있을까 하는 점이다. 생의 후반기로 접어들며 운이 좋아 공부를 하게 되었지만, 그 공부를 통해 제아무리 대단한 세계를 알게 되었다 해도 내가 이 몸으로 그렇게 살 수 없다면 그 앎이 무슨 소용일까. 특히 나처럼 나이도 많고 학위도 자격증도 없는 사람에게 그런 앎은 입지도 못하고 버리지도 못하는 채로 걸려 있는 값비싼 옷이나 마찬가지가 될 게 뻔했다. 하지만 그걸 알아도 여전히 내 몸은 마음을 따라가질 못하니 앎을 몸에 붙이는 궁여지책의 유일한 방식이 필요했고, 그게 나에겐 글쓰기였다.

어려서부터 불편한 속내를 일기장에 털어내던 습관이 있어서 인지 내게는 글쓰기에 대한 두려움이나 거부감이 별로 없다. 대신 글의 힘에 대한 환상 같은 것도 없고, '글을 잘 쓰고 못 쓰고'에 관한 일반적 기준이나 잣대도 딱히 없다. 어려서부터 지금까지 나에게 글은 오로지 삶을 이해하고 문제를 풀어가는 방식이었다고나 할까. 남이 쓴 글은 내가 모르는 삶을 이해하는 수단이고, 내가 쓰는 글은 나 자신을 이해하는 수단이었다. 문장이 매끄럽든 거칠든, 내가 모르고 있었고 알고 싶었던 현실을 구체적으로 느끼도록 해주는 글이라면 내게는 '좋은 글'이었고, 따라서 내 글쓰기도 자연스럽게 '실용적 글쓰기'가 되었다.

예전부터 나는, 관계가 꼬이고 돈은 없고 할 일은 태산인데 몸은 맘대로 안 되는 상황을 어디서 어떻게 풀어가야 좋을지 알지 못해 짜증이나 분노 혹은 우울감 속에 처박힐 때마다 '글쓰기'를 통해 가까스로 그 늪을 빠져나오곤 했는데, 현재까지도 글쓰기는 내가 문제를 해결하는 가장 유용한 수단이다. 물론 정신 차리고 차분하게 생각해보려는 노력도 안 해본 건 아닌데, 나는 그게 매우 어려웠다. 아무리 생각을 붙잡으려 해도 애초의 생각이 저 혼자 이리저리 날아다니며 과거에 있었던 비슷한 일을 불러내기도 하고 아직 일어나지 않은 미래의 일까지 당겨왔다. 그러다 보니 눈덩이처럼 불어난 생각으로 마음이 갈수록 복잡해지고 감정은 격해졌다.

이런 상황에서 생각이 움직이지 못하게 붙잡을 수 있다는 점이 아마 글쓰기의 좋은 점 아닐까 싶다. 그저 마음에 두었을 때는 성난 망아지처럼 제멋대로 날뛰며 속을 뒤집던 생각들도 글로 써 내려가면 고삐에 매인 망아지처럼 얌전해진다고나 할까. 한 예로, 남편과 다투고 난 뒤 내가 겪은 상황과 현재의 마음의 상태를 글로 써놓고 그걸 가만히 들여다보다가 문득 '그 상황에서 나는 왜 이런 불편한 감정을 느끼게 되었을까' 하는 궁금증이 올라온 적이 있다. 마치 쌀뜨물을 흔들지 않고 가만히 두면 시간이 지나면서 위쪽의 물이 맑아지듯이, 싸움 뒤의 혼란스럽고 억울한 감정을 뚫고 그런 궁금증이 떠오른 것인데, 내게는 무척 신기한 경험이었다.

그날의 글쓰기를 통해 '부부란 이러저러한 관계여야 마땅하고, 그 역할 안에서 남편은 이럴 때 이렇게 해줘야 옳다'라는 고정관념이 내 마음속에 강력하게 자리 잡고 있음을 알았다. 그 기대가 채워지지 않았다는 생각에 슬펐고 그 슬픔 때문에 원망하는 마음이 생겼다는 것을 이해하게 되었다. 물론 글을 시작할 때는 전혀 생각지 못한 사실이고, 예상하지도 못했던 결과다. 아무리 부부라도 생김새가 다르듯 그 관계의 양상도, 남편과 아내의 역할도 서로 다를 수밖에 없으며 정답은 없다는 걸 알게 된 그날부터 남편이 달리 보이기 시작했으니, 거기까지 나를 끌고 가준 '글쓰기'에 고마울 따름이다.

이후에도 종종 이런 결과를 경험할 때마다 신기하기만 했는데, 나중에 들뢰즈의 텍스트 『차이와 반복』을 읽고 공부하며 그 이유를 뒤늦게나마 알아차렸다. 언젠가 어디선가 듣거나 읽으면서 내 정신 속에 들어와 있던 것들이, 간절한 상황이 되면 다시 끌려 나온다는 걸 말이다. 위급한 순간에 직면했을 때 신체가 저도 모르게 힘을 발휘하는 것처럼, 내가 해결하고 싶은 문제가 구체적이고 갈급할수록 정신 또한 미처 몰랐던 힘을 발휘해주곤 했다. 언젠가 공부했지만 그냥 한구석에 처박아두었던 것들이 불려 나오기도 하고, 특히 가까운 시기에 공부한 것들이 힘을 크게 보태주었는데, 이런 과정을 감히 '사유'라 명명해도 좋지 않을까 생각해본다.

재미난 건 이런 사사로운 글쓰기를 하는 과정에서, 공부해야 할 시간에 일기나 쓰고 앉아 있는 자신을 자꾸 검열하는 나 자신을 또 발견했다는 거다. 내가 하는 공부가 자격증을 위한 공부도 남에게 증명해야 할 공부도 아니라는 걸 알면 되는 줄로 생각했는데, 여전히 내 무의식은 공부란 '눈에 보이는 성과나 생산적' 목적을 위해 해야 하는 거라 여기는 모양이었다. 아, 내 생각들을 둘러싸고 있는 껍질은 정말이지 수천 겹이구나! 뭔가 좀 알았다 싶어 마음을 놓을 만하면 툭툭 나타나는 이런 온갖 벽이 처음에는 실망스러웠는데 어느 순간 생각이 바뀌었다. '한 겹씩 벗겨낼 때마다 새로운 내가 나타날 테니 이게 죽을 때까지 공부해야 할 이유겠구나' 쪽으로. 그래서 지금은 이런 글쓰기에 들이는 시간과 노력을 아까워하지 않고 그냥 내 공부의 과정이려니 여기고 있다.

그리고 이런 사사로운 글쓰기 말고 구체적인 공부 과정과 관련해서도 글쓰기의 힘은 신통하다. 책만 읽었을 때는 꼭 아는 것만 같고 정말로 안다고 믿었던 내용도 막상 글로 쓰려 하면, 여기저기서 꼬이고 걸리면서 '제대로 아는 것이 아님'을 증명해 보이고야 마는데, 내 생각엔 이게 글의 역할이고 힘인 것 같다. 경험상 내가 안다고 착각하기는 쉬워도 모르는 게 무엇인지를 알아내기는 정말 어려웠다. 뭘 잘 모르는지, 그리하여 어디서부터 어긋났는지를 알아야 제 길을 찾을 수가 있는데 글을 써 보지 않으면 그냥 지나치고 만다. 한참 가고 난 뒤에는 뭔가 잘못된 걸 알았다 해도 그 시작점을 찾을 수가 없어 오래도록 헤매게 된다. 당연한 이야기지만 '아는 것 같은 것'은 아는 게 아니다. 그리고 제대로 알지 못하면 제대로 살 수도 없다. 그래서 뭘 모르는지 아는 게 내게는 중요한 문제였고, 그걸 알게 해주는 글쓰기가 그만큼 중요했다.

이런 이유로 나는 함께 공부하는 동료들에게 글쓰기를 '강요(?)' 한다. 이번 주에 공부할 분량을 읽고 각자가 써 온 글(내용을 정리하거나, 그 내용으로부터 자신의 생각을 끌어내 발전시킨 글)을 함께 읽다 보면 그 사람이 놓치고 있는 부분이나 잘못 이해하고 있는 부분, 혹은 자신의 삶과 상관없이 지식만 취하고 있는 모습이나 태도 등이 가감 없이 드러나는데, 우리는 이런 부분에 대해 서로 솔직하게 얘기해주고, 또 비판까지도 진심으로 받아들인다. 비판은 단순히 자신의 생각과 다르거나 자신의 마음에 들지 않아서 쏟아내는 비난이나 불평과는 다르다는 것, 그리고 상대방의 글이 원인에서 결과에 이르는 길을 제대로 따라가고 있는지 어떤지를 알아보고 사심 없이 비판하려면 오랜 수련이 필요하며, 그런 비판을 상처 없이 받아들이는 데도 깊은 내공이 필요함을 공부를 통해 비로소 알게 되었다.

공감이라는 미명하에 서로의 비위에 맞는 말만 해주고 불편한 이야기들은 입 밖에 내지 않는 게 예의라도 되는 양 통용되는 요즘 세상에서, 공부와 글을 통해 서로의 삶의 모습을 이해하고, 비난이 아닌 정직한 비판을 통해 서로를 지지할 수 있는 귀한 관계를 얻었으니 인생 말년에 복이 든다는 내 사주팔자가 맞기는 맞는 모양이다. 요새 아이들 말처럼 '찐우정'이라 자랑하고 싶다!

3.

공부에도 자립이 필요하다

나의
언어를
찾을 수 있을까

공부는 이렇게 쉬지 않고 하고 있었지만 사실 공부와 관련해서는 여러 복잡한 마음이 있었다. 예를 들어 처음 만난 누군가가 "뭘 하는 분이세요?"라고 물으면 '공부하는 사람'이라고 선뜻 얘기할 수가 없었다. 처음엔 내가 죽기 살기로 열심히 공부를 하지 못해 그런가 했는데 꼭 그렇지만은 않았다. 그보다는, 칠팔 년을 공부한다고 했는데도 무슨 자격증이 하나 생긴 것도 아니고 살림이 편 것도 아니니, 내가 공부를 한다고 얘기하면 '팔자 좋은 아줌마가 고급스러운 취미 생활을 하는구나' 정도로 생각할 것 같아 그게 싫어서 내 마음이 방어를 하는 거였다.

취미 생활이 뭐 어떠냐 할 수도 있겠다. 여태 밥하고 살림하는 게 주업이긴 했지만 그래도 공부가 취미 생활이라고 생각해 본 적은 없기 때문에 나로서는 공부를 취미로 인정하고 싶지가 않았다. 취미는 하면 좋지만 안 해도 그만인 거고, 내가 하는 공부는 하지 않고서는 살아갈 방도를 찾지 못해 절실한 마음으로 시작한 거니까 적어도 취미 생활은 아니라고 주장하고 싶었다.

남이 어떻게 보느냐가 문제가 아니라 당당할 수 없는 내 마음이 문제였다. 그런데 이 또한 결국은 돈과 관련이 되어 있었다. 적은 액수라도 돈을 벌어 공부에 들어가는 얼마간의 학비라도 내 힘으로 충당할 수 있다면 "나는 공부하는 사람입니다"라고 당당히 얘기할 수 있을 것 같았으니까.

공부한다고 밥 짓는 일을 소홀히 하지도 않았고 누가 눈치를 주는 것도 아니었지만, 여전히 애들한테 들어가는 돈이 많고 빡빡한 살림에 내가 뜬금없이 공부한다며 축내고 있는 것 같아서 나는 늘 제 발이 저렸다. 말이 나와 하는 이야기이지만 '전업주부'는 참 허울 좋은 말일 뿐 그런 직종은 없어지는 게 낫다는 생각을 가끔 해본다. 나만 그런지는 알 수 없지만, 집에서 하는 일이 아무리 많아도 돈을 벌지 못하는 한은 이상하게도 당당할 수가 없었다.

그러다 보니 '언제까지 이런 식으로 공부를 할 수 있을까?'

혹은 '계속 이런 방식으로 공부를 하는 게 좋은 걸까? 나는 이 공부를 통해 뭘 할 수 있을까?' 하는 생각을 자주 하게 되었다. 처음엔 혼자서는 풀 수 없는 문제를 풀고 어떻게 살아야 할지 알고 싶어 공부를 시작했지만, 이제 그 방법이 조금씩 손에 잡히니까 앞으로 어떻게 살아야 좋을까 하는 고민이 구체적으로 시작되었던 것인지도 모르겠다.

공부를 통해 무언가 일을 하고 조금이라도 돈을 벌어보려면 선생님들처럼 강의를 하는 수밖에 없어 보였다. 하지만 내 경우에는 여러 측면을 고려할 때 썩 가능한 일이 아니었다. 우선 이 '학교 밖 공부' 동네에서 강의를 하는 선생님들 역시 대학원의 석사나 박사 과정 등을 통해 검증이 된 분이 대다수였다. 더욱이 내 공부가 아직은 남들 앞에 설 만큼이 못 된다는 것도 잘 알고 있었으며, 더 답답한 건 얼마나 더 공부를 해야 그런 정도가 되는지도 알 수 없었고 그걸 증명할 길도 없어 보인다는 사실이었다. 유일한 방법이 있다면 책을 써서 그간의 내 공부를 증명하는 것이었고, 책을 써보라는 권유를 선생님이나 동료들에게 가끔 받기도 했지만, 그 또한 어디 만만한 일인가.

두 가지가 문제였다. 우선, 내가 공부해서 알게 된 것과 내 일상적 삶의 간극이 여전히 크다는 것. 이제야 어떤 삶이 좋은 삶인지 알게 되었고, 어떻게 해야 그 삶에 닿을 수 있는지도 알게 되기는 했지만, 수영으로 치면 아직 팔 젓기나 다리 젓기를 배우는 초보 단계에 있는 게 내 모습이었다. 여전히 불쑥불쑥 불편한 감정이 치솟고, 하기 싫은 것도 많고, 보기 싫은 꼴도 많고, 자식들도 걱정이고, 돈 문제로 마음이 산란할 때도 많은 그런 상태였으니까.

예전과 달라진 점이 있다면 발생 빈도수가 줄고 있고 그때마다 내 상태를 알아채고 그 원인을 이해할 수 있게 되었으며, 불편함의 상태가 지속되는 시간이 점차 짧아지고 있다는 거였다. 그것만 해도 큰 성과였고, 더욱이 공부와 삶의 간극이 완전히 없어질 날 같은 건 오지도 않겠지만, '그래도 이만하면 반은 넘게 왔다' 하는 느낌이라도 생겨야 책을 쓸 수 있는 것 아닐까?

또 하나의 문제는 어떤 언어를 사용해서 책을 써야 할지 모르겠다는 점이었다. 따지고 보면 이 문제는 공부하는 사람으로서 내가 갖는 위치의 애매함에서 비롯되는 것이었다. 우선 나는 연구자가 아니다. 애초 공부의 목표부터가 연구자들과는 달랐다. 잘은 몰라도 연구자들에게는 관심 있는 주제가 생기면 우선은 앞서 연구한 사람들의 다양한 해석을 살펴본 뒤 그 모든 것을 분석하고 종합하여 자기만의 독창적이고 새로운 해석을 내놓는 것이 중요할 것이었다. 그러려면 다양한 텍스트를 읽어내는 외국어 능력도 필요하고, 연구의 과정을 취합한 결과물로서 '논문'도 써야 하기에 그와 연관된 지난한 훈련 과정도 통과해야만 한다. 하지만 나는 영어조차 잘 안 될뿐더러 엄격하고 까다로운 글쓰기 훈련 같은 것을 받아본 적이 없다. 무엇보다 애초 내가 공부를 시작한 목적부터가 당장의 구체적인 삶의 문제를 푸는 것이었기에 공부하는 방식 또한 연구자들과 달랐다. 우선 내게는 그들처럼 다종다양한 책을 부지런히 훑어 읽고자 하는 욕구나 의지가 없었다. 내게는 눈앞에 닥친 내 문제를 풀어줄 것 같은 책들을 소처럼 읽는 일이 더 중요했다. 그런 데다 살림에도 몸과 마음을 많이 쓰고 있으니 공부하는 시간이나 강도 역시 연구자들과는 다를 터였다.

사실 그동안에도 나는 선생님들의 언어와 내 언어 사이에서 온도 차를 느끼고 있었다. 예를 들어 공부 초기에 선생님들이 '근대성'이나 '동일성' 같은 단어를 자연스럽게 사용할 때마다 당황스러웠던 기억이 난다. 그 개념어에 함축된 내용을 몰랐던 나는 내가 막연히 느끼던 단어의 이미지로 전체의 맥락을 감 잡아 넘길 수밖에 없었다. 또 나중에 연구자들이 어려운 원전을 조금 더 읽기 쉽게 해석해놓은 책을 보면서도 그들이 사용하는 언어가 비슷하다는 느낌을 받았다.

그나마 나는 그동안 공부를 했으니 연구자들이 쓴 책을 읽을 수는 있을 것 같지만, 내 아이들이 이런 책을 읽을 수 있을까 생각해보면 회의적이었다. 그렇다면 연구자들은 연구자들을 위한 책을 쓰고, 나처럼 공부의 언저리에 있는 사람들이 여분의 독자로 거기 보태지는 걸까? 이런 언어로 쓰인 책은 이미 너무나도 많은데, 전문가도 아니고 그들만큼 아는 것도 아닌 내가 어설프게 연구자들의 언어를 흉내 내는 책을 쓰는 게 무슨 소용이 있을까? 물론 아는 것도 부족하고 훈련도 안 되었으니 그렇게 쓸 수도 없겠지만 말이다.

그렇다고 해서 내가 취미 생활자로서 공부를 한다는 것도 인정하고 싶지는 않았으니, 매이는 데 없이 그저 취미로 특정한 세계를 깊이 향유해온 사람만이 쓸 수 있는 경쾌한 글 역시 쓸 수 없을 게 뻔했다. 아무리 생각해봐도 내가 쓸 수 있고 쓰고 싶은 유일한 글은, 내 삶에서 생긴 간절한 질문과 그에 대한 답을 찾아 헤매던 그 절실한 과정뿐이었다. 하지만 그런 사적인 이야기가 남들에게도 읽을 만한 것, 혹은 도움이 될 만한 것일 수 있을까? 도무지 자신이 없었다.

내 경험을 '자신 있게' 내보일 수 없다는 것. 그게 결국 내 언어를 가질 수 없는 이유일 것이다. 하지만, 더디고 헤맸을망정 간절하지 않은 적이 단 한 번도 없었고 공부를 쉬어본 적이 없었지 않은가. 그런데도 나는 어째서 나 자신을 믿을 수 없을까? 어떻게 해야 '자신감'이라는 걸 가질 수 있을까?

공부를 더 열심히 하면 된다고 쉽게 얘기할 수 있을지 모르지만, 그 '열심히'라는 게 많은 시간을 엉덩이 붙이고 앉아 많은 종류의 책을 보는 일을 가리키는 게 아니라는 걸 나는 이미 알고 있었다. 한때 그게 공부라고 생각하고 욕심을 내본 적도 있지만, 그렇게 많은 시간을 들이거나 많은 종류의 텍스트를 본다고 해서 머리에 들어온 것이 몸으로 전달되지는 않는다는 것 또한 이미 경험했으니 말이다. 게다가 내 나름의 방식으로 아무리 열심히 공부를 한다 해도 내가 선생님들의 수준을 따라갈 수는 없는 노릇이었으니, 대체 '이만하면 공부가 좀 되었다' 하는 기준은 어디에 있는 것일까?

오랜 고민 끝에 내가 얻은 결론은, 결국 나 자신이 기준이 될 수밖에 없다는 거였다. 내가 제대로 안다는 걸 내가 알고 인정할 수 있어야 한다는 것! 수영을 할 수 있는 사람은 자기가 수영할 수 있다는 걸 안다. 늘 같은 맛으로 김치찌개를 맛있게 끓일 수 있는 사람은 자기가 김치찌개를 끓일 수 있다는 걸 안다. 그 방법을 알 뿐 아니라 현실에서 실행시킬 수 있다는 것, 그게 아는 거다. 그리고 그렇게 분명히 아는 것은 어떻게든 표현할 수도 있게 되지 않을까. 비록 사용하는 단어가 어설프고 표현이 매끄럽지 못해도 '할 줄 아는 사람'은 그걸 전달할 수 있으리라. 이처럼 할 줄 아는 사람만이 가질 수 있는 것, 그게 바로 '자신감'이다!

사실 여기까지는 논리적으로 아무 문제가 없다. 그런데 또 꼬리를 무는 질문이 있었다. 그렇다면 이제, 내가 뭔가를 '제대로' 안다는 건 또 어떻게 알까? 문제는 '이만하면 내가 기준이 될 수 있다'라고 여길 수 있는 그 기준은 어디서 어떻게 생기느냐 하는 점이었다. 그 기준을 통과했다는 확신이 생겨야 자신감도 생기는 것 아닐까? 자신감은 분명 '자기를 믿는 마음'이지만 그렇다고 해서 자신감이 그냥 생겨나지는 않을 것이다. 학위나 자격증 등을 통해 사회적 공인을 받은 사람들 내지는 그 '인정받은 사람들'로부터 인정을 받은 사람들이 가진 최초의 '자신감'이란 결국 밖으로부터 온 것이 아닌가? 당신은 이제 '기준'을 충족시켰다는 인정, 그 '기초'에서 시작할 수 있었기에 그다음의 자신감을 스스로 길어낼 수 있었던 게 아닐까.

사실 나 역시 먼저 배운 선생님들이 쓰는 개념어에 대해 불편함을 느끼면서도 한편으로는 언젠가는 나도 저런 언어를 갖게 되기를 바라고 있었고, 내 문제를 풀어보고 싶다는 욕망 곁에는 그 스승들처럼 되고 싶다는 작은 욕망이 자라고 있었던 것 같다. 애초 나는 외부의 인정과 보상에 휘둘리는 자신을 청산하고 싶어 공부를 시작했는데 어째서 이런 욕망을 갖게 되었을까? 그런 외부 인정 없이는 아무리 열심히 공부를 해도 뭔가 공적 활동을 하거나 돈을 벌기가 어렵다는 것을 잘 알기 때문 아니었을까?

　나는 과연 내 공부의 힘만으로 이 '최초의 자신감'을 길어 올
릴 수 있을까? 누군가의 인정을 통하지 않고서도, 나 스스로 나
자신을 인정하고 스스로의 척도가 될 수 있을까? 깊은, 그리고
어려운 고민이었다.

나에게
가장 좋은 것을
내가 선택하기

그 무렵 내 안에 생겨난 또 하나의 고민은 '두려움'이었다. 2017년 봄 유방암 초기 진단을 받고 수술을 했다. 이전에도 맹장수술 한 번에 크고 작은 근골격계 부상을 겪긴 했지만, 암수술은 분명 내 신체에 발생한 가장 큰 사건이었다. 여러 가지 검사와 절차가 번거로웠지만 수술 자체는 별일이 아니었다. 가슴 한쪽을 속절없이 잃었다는 씁쓸한 마음이 가끔 들기는 하지만, 다행히 잘 아물었고 후유증도 없다.

정작 수술보다 더 큰 문제는 수술 후 항암과 관련한 결정을 하는 일이었다. 초기였는데도 병원에서는 여덟 차례나 항암을 받을 것을 지시했고, 이 문제를 놓고 진짜 많은 고민을 했다. 항암을 하는 쪽과 하지 않는 쪽 중에서 어느 쪽이 나에게 더 이로울 것인가? 사실 어느 쪽을 선택해도 두려운 건 매한가지였는데, 항암을 받지 않겠다고 생각하면 또다시 암에 걸릴지도 모른다는 두려움이 생겼고, 항암을 하기로 마음을 먹으면 그에 따르는 고통과 나중에 겪게 될지 모르는 후유증에 대한 두려움이 생겼기 때문이다. 그렇다면 더 큰 두려움을 없애는 방향의 선택을 해야 하는 것일까? 그리고 내가 두려워하는 건 구체적으로 무엇일까?

'항암은 병원에서 일반적으로 권하는 표준 치료야. 수많은 환자를 대상으로 얻어낸 통계와 확률에 의해 치료 과정이 선택되었을 거고, 그 과정을 거칠 때 완치율이 가장 높다는 확신 아래 환자에게 명령으로 내려지겠지. 하지만 항암은 그 완치율에 못지않게 후유증이 만만치 않다는 것도 알려져 있잖아. 완치율이라는 것은 단순히 암에서 벗어나 생존하게 되었다는 것만을 의미한다고. 신체에 남겨지는 부작용이나 후유증은 살고 죽는 것과는 상관이 없다는 이유로 완전 무시되잖아. 지금도 작은 불편함을 못 견디는 네가 두고두고 몸에 나타날 불편함을 견딜 수 있겠어? 설사 견딜 수 있다 해도 활기를 잃고 신체에 매어 쩔쩔매면서 오래 살고 싶냐고. 그래, 그렇지. 하지만 일단 안전하게 살아남는 게 더 중요하지 않을까? 만약 항암을 하지 않아 다시 암에 걸린다고 생각해봐. 그때의 고통이나, 가족들이 겪을 부담, 시시함을 채 면하기도 전에 죽을지 모른다는 점까지 생각해보면 그래도 하는 게 낫지 않겠어? 항암치료 중의 고통이야 잠깐 지나가는 거고 다들 멀쩡하게 살고 있는 걸 보면 후유증이 생기더라도 또 대처할 방법이 있겠지. 만약 항암을 하지 않기로 한다면 오히려 두고두고 두려움에 시달리게 되지 않을까. 괜찮은지 확인하기 위해 자주 검사를 해야 할 테고 그때마다 조마조마한 마음으로 결과를 기다려야 할 거고…'

원칙적으로 항암은 수술 한 달 후에 바로 시작해야 하는데, 나는 아직 수술 부위가 아물지 않았다는 핑계를 대며 한 달을 연기해놓고는 저런 고민을 끝도 없이 되풀이하고 있었다. 그러던 어느 날 식구들이 모두 나간 조용한 아침에, 햇빛이 눈부시게 들어오는 식탁에 앉아 일기를 쓰다가 문득 든 생각 하나. '뭐야, 어차피 나쁜 두 가지 중에 덜 나쁜 쪽을 고르기 위해 이렇게 애를 쓰고 있다니 너 정말 멍청이 같아!'

아마도 그 순간 내 머릿속으로 햇빛이 들어왔나 보다! 멍청한 내가 한심하기도 하고, 그걸 그나마 알았다는 게 신통하기도 해서 픽 웃음이 나왔다. 내가 두려움에 머리채를 잡힌 채 한 달 넘게 질질 끌려다니고 있었다는 걸 퍼뜩 깨달았던 순간이다. 문득 〈쇼생크 탈출〉의 한 장면이 생각난다. 주인공 듀프레인이 탈출을 감행하기로 결심한 날 친구 레드와 나눴던 대화. "바쁘게 살거나 바쁘게 죽거나!" 아마도 그때 듀프레인은 '죽음'에 대한 두려움을 훌쩍 뛰어넘어 자신에게 가장 좋은 것을 선택하기로 결정했던 게 아닐까.

이 순간 이후로 나 역시 선택의 기준을 완전히 바꾸었다. 덜 나쁜 쪽이 아니라, 나에게 가장 좋은 것을 찾기로 말이다. 사실 스피노자처럼 생각해보자면, 신체야말로 자연의 보편적 법칙과 규칙에 의해 작동하는 가장 좋은 예다. 그런데도 나는 마음에서 일어나는 일에 급급해 몸에는 통 신경을 쓰지 못하고 살아왔다. 이런저런 문제로 마음이 복잡할 때 몸은 늘 뒷전이었으며, 식구들에게는 좋은 재료로 정성껏 음식을 해 먹이려 애썼으면서도 나는 되는대로 먹고 적당히 먹고 아무렇게나 먹었다. 생각해보니 몸을 홀대하는 나의 이런 태도를 만든 건 두 가지였다.

우선, 어린 시절부터 나는 몸과 마음의 관계가 반비례라고 여겼다. 얼굴이든 몸이든, 아무튼 몸에 관계된 것들은 껍데기라고 여겨 은근히 비하하고 반대로 마음의 문제에 신경을 쓰는 쪽이 훨씬 고급하고 가치 있다고 여겨왔다는 거다. 따라서 몸에 신경을 쓰는 사람은 정신을 소홀히 할 수밖에 없고, 반대로 마음에 집중하는 사람이 몸에 신경을 덜 쓰는 건 당연하다는 이분법적

논리를 펴고는 했다. 대체 이런 생각은 어디서 어떻게 생겨나 나의 무의식이 되었을까?

몸을 홀대하는 태도를 만든 또 한 가지 원인은, 이건 최근에야 알게 된 사실인데, 식구들을 챙기는 건 의무라 여겨 죽을힘을 다해서 했지만 그 의무를 겨우겨우 다하고 나면 나를 돌볼 여력까지는 남지 않았기 때문이었다. 한마디로 역량 부족이었다. 겨우겨우 밥을 하고 살림을 하고, 그 와중에 생기는 복잡한 마음을 쏟아내고 그 생각들 속에서 허우적거리며 술도 많이 마셨고, 운동은커녕 잠도 깊이 자지 못했으며, 먹는 것도 제대로 살피지 않았으니 어쩌면 암의 방문은 당연한 결과였는지도 모르겠다. 물론 암의 발병 원인은 사람마다 다를 거고 인간이 미처 파악하지 못하는 수많은 변수가 있을 거다. 하지만 '암'이 발생하는 이치도 자연의 보편적 법칙과 규칙에 따른다는 점에서 보면 나의 경우에는 분명 위와 같은 원인이 작용했을 것이다.

예기치 않았던 이 방문을 계기로 그동안 몸에 대해 나도 모르게 갖고 있던 편견을 직시하게 되었고, 몸과 마음은 반비례의 관계가 아니라 비례하는 것이라는 점도 알게 되었으니 병이 내게는 여러모로 좋은 기회였다고 생각한다. 결과적으로 항암치료와 관련해서도 몸이 작동하는 이치에 대해 꽤 공부를 했고, 암에 관한 자료도 많이 살펴보았으며, 항암치료를 했거나 하지 않은 양쪽 사례(아예 하지 않기로 결정한 쪽은 찾지 못했고, 두어 번 해보고 중단한 경우가 있었다)에 해당하는 지인들을 만나 자세하게 얘기를 들어보는 과정을 거쳐, 마침내 하지 않는 쪽으로 결정을 내렸다.

그랬더니 이번엔 이전의 나처럼 두려워하고 걱정하면서 반대하는 가족들이 문제였다. 이 신체는 과연 내 몸인가 가족의 몸인가?! 반드시 항암치료를 받아야만 하는 경우도 분명히 있다, 하지만 나의 경우는 꼭 그렇게 하지 않아도 철저한 식이요법으로 회복이 가능하고, 이 방법이 장기적으로는 나에게 더 낫다고 생각한다고 간곡하게 설득했다. 그리고 나는 식이요법과 운동을 통해 큰 문제 없이 회복했다. 나아가 식습관이 개선되고 운동을 규칙적으로 하게 되면서 전체적인 건강 상태와 컨디션도 예전보다 한결 좋아졌으니 분명 잃은 것보다 얻은 것이 많았다.

결과가 좋아서 다행이긴 한데 만약 다른 결과가 나왔다면 어땠을까 하는 생각도 해본 적이 있는데, 어차피 어떤 결정이든 마찬가지였을 것이다. 항암을 한다고 모두 다 완치되는 건 아닌 것처럼, 하지 않기로 한 결정에도 내가 고려하지 못한 수많은 변수가 있었을 테니까. 만약 그런 일이 닥친다면 그때 가서 또 가장 좋은 걸 선택하면 되지 않을까.

내 방법이 옳다는 걸 주장하기 위해 이 얘기를 길게 한 건 아니다. 뭐랄까, 그래도 그동안 내가 해온 공부가 이런 큰일 앞에서 대처할 힘을 주었다는 얘기를 하고 싶었다. 예전 같으면 어떤게 진짜 내 마음인지 모르겠다며 징징댔겠지만 이번에는 다른 방식으로 행동할 수 있었다. 내가 정말 두려워하고 있는 게 무언지 직시할 수 있었고, 그 두려움이 어디서 어떻게 생긴 것인지도 알 수 있었으며, 두려움에 그냥 먹혀서 그 두려움이 나 대신 결정하도록 방치하지 않고 정신 줄을 붙들고 생각과 판단이라는 것을 할 수 있었고, 마침내 나에게 가장 좋은 것을 선택하고 결정할 수 있었다. 만약 항암을 하는 쪽으로 결정했다면? 그 결과는 지금과 같았을지 몰라도 나에겐 결과에 이르는 이 과정이 중요했다.

내 신체를
변화시키는
'재미난 실험'

암을 겪은 이후 약간의 배짱이 생긴 덕분일까. 2018년 봄, 오랫동안 같이 공부해온 몇몇 동료와 함께 작은 공부방을 월세로 얻는 모험을 감행했다. 될지 안 될지는 모르지만 책에서 만나는 위대한 스승과, 나도 아직 모르는 나 자신의 힘에 기대어 '나 스스로가 기준이 되어 자신감을 길어 올리는 그 길'을 한번 가보기로 한 것이다.

방법은 단 하나, 니체를 비롯해 여러 스승이 말씀하셨듯 '부단한 자기 단련'뿐이었다. 물론 혼자 공부를 해야만 '자기 단련'이 되는 건 아닐 것이다. 또 어떤 부분을 어떻게 단련해야 할지도 개인마다 다를 것이다. 하지만 나에게는 이런 선택이 필요하다고 생각되었다. '빡센' 단련은 둘째 치고, 당시의 나에게는 매일 일정한 시간에 출근하듯 갈 수 있는 공간이 간절했으며, 지난 7년여 동안 쑤셔 넣듯이 해온 공부의 내용을 차분히 정리하여, 실행 가능한 윤리를 만들 시간과 여유가 꼭 필요했다.

모르는 게 있어도 딱히 물어볼 데가 없고, 격려를 해주지도 않고 눈치를 주는 사람도 없는, 그야말로 의지할 데 없는 독립을 감행한 것이었다. 이젠 앞에 서서 강의를 해주는 스승이 없으니 우리끼리 세미나를 조직해 일주일에 두 번 정도 함께 공부를 했다. 정해진 분량의 텍스트를 읽고 각자 글을 써 오면 서로의 글에 대해 비판도 하고 토론도 하며 진행하는 세미나 방식이었다. 니체, 스피노자, 들뢰즈, 루쉰을 공부해왔고, 최근에는 『자본론』 및 관련 텍스트를 공부하고 있다.

아리송한 게 있어도 속 시원히 물어볼 데가 없다는 것과, 고만고만한 사람들이 모여 있다 보니 팽팽한 긴장감을 유지하기 어렵다는 것이 단점이지만, 그래도 다들 공부 햇수가 오래된 친구들이라 끊임없이 공부가 진행되고 있고, 각자의 필요에 따라 다른 배움터에서의 공부도 병행하고 있다.

동료들은 직장에 다니거나 집이 멀기도 해서 대체로 세미나가 있는 날에만 나왔고, 나는 어쨌거나 공부방을 얻을 때부터

146

결심한 대로 아침에 나와서 공부하다가 저녁에 귀가하는 생활을 6년째 계속하고 있다. 사실 이것은 공부를 시작하고 얼마 안 되었을 때부터 갖게 된 나의 오랜 로망이었다. 비록 출근해서 폼 나는 일을 하고 월급을 받는 건 아니지만, 그래도 내게는 공부가 취미 생활은 아니라는 것, 날마다 꾸준히 계속하는, 직업과도 같은 중요한 일이라는 것을 무엇보다 내 신체에 새기고 싶었고 가족들도 알게 하고 싶었다.

그러니까, '매일 규칙적인 시간에 나와서 알차게 공부를 하거나 글을 쓰고 저녁에 당당한 마음으로 퇴근해보리라!', 이게 공부방을 얻던 당시의 야심찬 계획이었다. 하지만 모든 야무진 계획에는 반드시 변수가 따라붙게 마련 아닌가. 나 자신을 우선으로 해야 한다는 마음과 집안일 사이에서 여전히 흔들리고는 했는데, 결과적으로 보면 집안일을 먼저 이행하는 쪽으로 결정이 나기 일쑤였다. 무슨 일이 있어도 8시에는 집에서 떠나자고 결정을 해놓고도 하던 일이 그때까지 끝나지 않으면 출발이 늦어졌다. 어떤 날은 김치가 떨어져 새로 담가야 했고, 또 어떤 날은 아이가 아프다거나 집이 너무 지저분하거나 그랬다. 아무튼 마음에 걸리는 일이 생기면 우선 그걸 먼저 처리해야만 집을 나서게 되는 것이었다. 그리고 이렇게 집안일을 처리하느라 공부방에 늦게 나오는 날은 자괴감이 생겨 공부가 얼른 손에 잡히지 않았으므로 대개 일기장을 먼저 펴놓고 '나는 왜 이 모양일까'에 대해 따져보느라 반나절을 보내곤 했다.

"직장을 다니는 사람은 하던 일을 다 못해도 팽개치고 출근을 하잖아. 근데 너는 왜 이래? 네가 그렇게 하고 싶었던 일을 하려는 거잖아? 진짜 일찍 나가고 싶으면 너도 하던 일 놔두고 나가면 되는 거 아냐?"

나는 나에게 이렇게 얘기했다. 그것도 무수히. 아무리 따져봐도 결론은 뻔했다. 우선순위가 집안일에 가 있으니까 그런 방식으로 내 몸이 결정되는 거다. 집안일을 먼저 하지 않으면 마음이 불편하니까 불편함을 참지 못해서. 하지만 나는 내 공부 쪽에 우선순위를 두고 싶은 마음이 간절한데 왜? 분명히 마음은 그런데 어째서 행동은 그렇지 않을까? 이게 참 어려운 문제였다.

또 하나의 문제는 나 홀로 있는 이 공부방이 너무나 자유롭다는 점이었는데, 이거야말로 전혀 예상하지 못했던 변수였다. 집에도 이제 내 방이 있긴 하지만, 집에 있는 한은 집안일이 자꾸 눈에 보이고 당연히 그 일에 먼저 손이 간다. 그러므로 살림과는 완벽하게 분리된 이 공간에 나오기만 하면 열렬히 공부만 하게 될 줄로 알았다. 참 순진하기도 하지!

나 스스로 하겠다며 독자적인 공부방을 꾸리고 나니, 이제 공부에서도 나에게는 아무런 강제가 없었다. 일주일에 두세 번

148

의 세미나 준비를 하는 것 말고는, 정해진 기간 안에 달성해야 할 목표가 있는 것도 아니고, 써야 할 글에 대한 의무가 있는 것도 아니며, 의식해야 할 눈이 있는 것도 아니었다. 무슨 짓을 하든, 내 시간을 어떻게 보내든 눈치를 주거나 참견할 사람이라고는 나밖에는 없는 이 완벽한 공간과 자유를 감당할 역량이 내게는 아직 없었다는 거다. 세미나 준비로 급할 때를 빼면, 공부방에 나가 두어 시간 공부하고 나면 더는 집중이 되질 않았고 영화를 보거나 음악을 듣는 등 반드시 딴 짓을 하다가 샛길로 빠지는 날이 허다했다. 그러고 나면 또다시 내가 한심해지고, 왜 그런 방식으로 나의 선택이 결정된 것인지 그 원인을 따져보고 정리하느라고 또 한나절을 보내는 식이었다.

돌이켜보면 이 공부방에서 보낸 시간들의 거의 반 이상을 그렇게 헛짓을 하고 그걸 되짚고 따져보는 데 쓴 것 같다. 어째서 사람들이 자기 공부방을 놔두고 도서관이나 카페에 앉아 공부를 하는지를 비로소 알 것 같았다.

공부와 살림의 우선순위를 바꾸고, 외적 강제나 보는 눈이 없는 상태에서 능동적으로 자신을 꾸려가겠다는, 저 두 가지 과제를 어느 정도 해결하기까지 거의 4년 가까운 시간이 걸렸다. 물론 그 시간을 모두 알뜰하게 공부하며 보냈더라면 더 좋았을 거다. 근데 유감스럽게도 나는 어린 시절부터 이렇게 꼭 뭔가가 잘못된 뒤 그 불편함을 따져보면서부터 진도가 나가기 시작하는 나쁜 버릇이 있고, 특히 공부를 하면서는 그런 방식으로만 앎과 내 일상의 간극을 조금씩 줄일 수 있었다.

무엇보다 이즈음에는 내가 순전히 자유로운 의지로만 내 신체를 결정할 수는 없음을 확신하고 있었기 때문에 어떤 충동이 나를 결정하는 꼴을 약간의 거리를 두고 지켜보는 쪽이었다고나 할까. 그 이후 내가 어떤 요소에 의해 그 방식으로 행동하도록 결정되었는지를 잘 따져보아 이해하고 나면, 다음번에는 집중하는 시간이 조금 더 길어지고 확실히 차이가 좁혀졌음을 알게 되었기 때문에, 뭐랄까 '재미난 실험'을 하는 느낌도 있었다. 사실 이건 생각하면 생각할수록 신기하고 재미났다. 내 신체를 움직이고 변화시키는 방법에 관한 일이었으니까.

내 삶의
주인으로
살기 위하여

나는 어떤 원인에 의해 이런 모습으로 드러나는 것일까? 그리고 이 원인을 알고 나면 어째서 내 신체가 바뀌는 것일까? 이런 질문들이 내게 요청된 이유는 분명했다. 나도 의지박약을 벗어나 스스로 결정하는 능동적 인간으로 살고 싶기 때문에. '자신에게 명령을 내리고, 그것을 실행하고, 그 결과를 향유할 수 있는 인간으로 살아가는 것!' 이것이 내가 오랫동안 찾아 헤맨 '좋은 삶'의 모습이었다.

"하지만 너는 네가 자연의 보편 법칙과 규칙에 의해 결정되는 존재고 너를 마음대로 바꿀 수 있는 자유의지 같은 건 없다고 하지 않았어? 네 마음대로 바꿀 수가 없다면 어떻게 명령을 내리고 실행하게 할 수 있다는 거지?" 이게 정확히 내가 풀어야 할 문제였다. '나'라는 존재가 무언가에 의해 결정이 되는 건 분명해 보이지만 그렇다고 나의 의지가 없다고도 할 수 없다는 것. 왜냐하면 나는 남편을 선택했고, 이렇게 독립을 하는 쪽을 선택했고, 지금도 집안일을 먼저 선택하고 있고, 어제는 짜장면과 짬뽕 중에서도 선택을 했고 등등 수많은 선택을 계속해서 하고 있는데 이런 게 내 의지가 아니라면 대체 뭐란 말인가?

결론부터 말하자면, 내가 열거했던 저런 선택은 '능동적 의지'가 아니었다. 내가 오줌이 마렵다고 느끼고 화장실에 가는 것이 내 의지가 아니고, 배가 고파서 밥을 먹기로 선택하는 것이 내 자유의지가 아닌 것처럼. 그럼 짜장면과 짬뽕은? 그건 오랜 습관에 의해 형성된 입맛이 한 선택이다. 이런 식으로 내가 미처 의식하지 못하는 것들이 내 몸을 빌려 어떤 결정을 내려왔고, 그걸 나는 나의 선택이자 의지라고 착각했다는 이야기다.

사실 내가 요리 책을 보며 실험을 거듭해 밥을 멀쩡히 잘해내게 된 이래로 나는 내가 매우 '능동적으로' 살림을 하는 아줌마라는 자부심을 가지고 살아왔다. 무엇보다 억지로 지겹게 하는 게 아니라 기꺼이 때로는 즐겁게 하고 있었으므로 나도 이제는 꽤 능동적인 신체가 되었다고 흐뭇해했던 것도 같다. 하지만 내가 얼마간이라도 능동적인 사람이 되었다면 어째서 제시간에 공부방에 가고 싶다는 욕망이 실행되지 못하는 것일까? 어째서 공부방에 혼자 있는 동안 공부를 하거나 글을 쓰도록 나를 결정할 수 없었던 것일까? 결론은 냉정했다. 살림을 기꺼이 하고 있다는 것만으로 내가 능동적으로 그 일을 수행하고 있다고 믿었던 것은 나의 착각일 뿐이라는 것.

매우 오랜 시간이 지나서야 내가 '아내이고 엄마이며 돈을 벌지 못하는 주부'라는 강력한 무의식, 거기에 공부를 하면서 살림할 시간과 돈까지 축내고 있으므로 더욱 정신을 차려야 한다는 강박까지 더해 나를 결정하고 있었다는 것을 비로소 알게 되었다. 결국 살림을 기꺼이 열심히 하도록 나를 밀어붙인 것은 내가 선택한 의지가 아니라 도덕적 의무감이었다.

이런 게 스피노자가 말한 '수동성'이다. 그동안 나는 내가 내 몸을 움직여 뭔가를 하고 성과를 내면 그게 곧 능동성이라고 믿었는데 천만의 말씀이었다. 분명 내가 어떤 행동을 하고 그 행위에 의해 나의 역량을 펼치고 인정받을 만한 성과를 내기는 하지만, 내가 미처 몰랐던 어떤 것 ― 그게 나처럼 도덕적 의무감이든 강박이든 아니면 습관이든 남의 시선이나 강제적 압박이든 간에 ― 에 의해 그렇게 하도록 결정이 된다면 그건 능동성이 아니라는 거다. 이건 정말이지 어지간해서는 알아차리기 어려운 일이라는 생각이 든다.

같은 맥락에서 내가 공부에 더 우선순위를 두는 '나'로 결정되지 못한 이유도 짐작해볼 수 있는데, 정해진 목표도 뚜렷한 의무도 타인의 강제도 없는 공부에 대한 욕망이 살림에 대한 도덕적 의무감에 비해 힘이 약했기 때문이다. 그러니 공부방에서도 자꾸만 다른 충동에 밀려 헛짓을 하게 되었던 거다. 결과적으로 내가 어떤 힘에 의해 결정되었는지가 확인되었고 나의 수동성도 백일하에 드러난 셈이다. 그렇다면 능동적 인간이 될 수 있는 길은 없는 것일까? 나의 의지란 토끼의 간처럼 허울만 좋았지 아무짝에도 쓸모가 없는 것일까? 스피노자는 『에티카』에서 '인간은 모두 무지한 채로 태어나고, 자기의 행동과 욕망을 의식을 하기는 하지만, 그렇게 결정된 원인을 알지 못하기 때문에 스스로 자유롭다고 여긴다'라고 여러 차례 강조하고 있다. 그렇다면 나에게 주어진 '의지'란 나의 행동과 욕망을 결정한 그 원인을 알아차리기 위해 필요한 것은 아닐까?

오랜 시간 앉아서 시험 공부 하듯이 열심히 하는 것도 중요하지만, 나에게는 내가 왜 이렇게 결정되었는지 그 원인을 이해하고 그 와중에 생긴 질문을 통해서 하는 공부가 확실히 효과적이었다. 이 과정에서 내 마음에 들지 않는 나를 탓하거나 남을 탓하는 대신 내 안으로 방향을 돌리려면 정신 줄을 잘 붙들고 있어야 하고, 그렇게 생긴 내 질문과 대조해가며 공부도 주의 깊게 해야 한다. 이처럼 질문을 해결하고 싶은 간절함, 좋은 삶을 향해 나아가고 싶다는 열망, 그래서 어떻게든 정신을 차려보려는 그 안간힘이 나의 의지였고, 그 의지가 나를 제대로 들여다보려는 마음을 내게 하며, 그 마음이 다시 공부로 연결된다는 것을 점차 경험으로 알게 되었다.

과연 내가 어째서 집안일 쪽으로만 결정이 되는지를 확실히 알고 나니까 몸이 조금씩 돌아섰다. 공부가 집안일보다 중요해서가 아니다. 집안일에 대한 집착이 이전에 비해 덜어졌다고 하는 편이 맞을 것 같다. 그쪽으로만 '나'를 결정하던 힘이 약해지니까 조금씩 제시간에 공부방에 나오게 되었고 그걸 방해하는 요소를 하나씩 찾아내 해결하는 능력도 생겼다. 집중하는 시간이 늘어나면서 공부가 체화되고 있다는 느낌도 점차 커졌다.

결과적으로 내가 수동적으로 결정되는 원인을 이해한 만큼 조금씩 능동성을 얻어가는 과정이었다고 할 수 있겠다. 내가 나를 직접 결정할 수는 없지만, 나도 모르게 나를 결정하던 원인을 알아채고 제거하면 진짜 좋은 게 뭐고 내가 원하는 게 뭔지도 점차 선명하게 드러나고, 그걸 원하는 힘도 커져 행동으로 연결이 되더라는 것!

물론 다른 방법으로 같은 결과에 도달할 수도 있을 거다. 예를 들어 운동의 경우, 나는 딱 저런 방법으로, 내가 운동을 해야만 하는 이유와, 틈만 생기면 회피하고 싶은 마음이 드는 원인을 대조해가면서 점차 간극을 줄여 규칙적으로 하는 상태에 이르게 되었다. 하지만 운동을 하지 않으면 다시 암에 걸릴지 모른다는 두려움에 의해 운동을 하도록 결정이 되었더라도 계속해서 하다 보면 마침내 습관이 되어 규칙적으로 운동을 하는 동일한 결과에 도달했을지 모른다. 결과적으로 똑같다면 굳이 그렇게 멀고 힘든 길을 돌아갈 필요가 있을까? 그냥 각자의 선택의 문제인 셈이다. 나는 다만, 나도 모르는 어떤 힘이 나를 움직이는 것이 불편했고, 나에게 가장 좋은 것을 나 스스로 선택하고 싶었다.

내가
'차이의 기준'이
될 수 있을까

애초 내가 공부의 자립, 즉 '자기 단련'이라는 공부의 과정을 통해 얻고 싶은 건 두 가지였다. 늘 문제 삼아왔듯이, 나에게 가장 좋은 것을 스스로 선택해 외부에 휘둘리지 않고 내 신체를 움직여보는 것. 또 하나는 내게 가장 많은 불편함을 선사하는 '차이의 문제'를 풀어보는 것이었다.

내 신체에 대한 주도권을 많이 갖게 될수록 관계에 휘둘리는 정도도 줄어들기 때문에 두 문제가 상관이 없다고는 할 수 없지만, 나에게는 관계를 이해하고 풀어가는 문제가 확실히 더 어렵고 까다로웠다. 우선 관계 속에서 생겨나는 나의 미묘한 감정

하나하나를 정확히 알아채기도 쉽지 않았고, 그걸 상대 탓으로 돌리지 않고 온전히 내 것으로 가져와, 나의 감정이 그런 모습으로 드러나기까지 그 원인에서 결과에 이르는 과정을 이해하는 데도 장애물이 너무나 많았다.

그보다 더 헷갈렸던 건, 내가 원하는 대로 관계의 문제를 해결한다는 게 대체 '어떤 감정 상태'에 도달하는 것을 가리키는지 알 수 없다는 점이었다. 예를 들어 가까운 사람들에게 종종 느꼈던 '나와는 다른 사람'이라는 이질감이나, 태극기 부대를 보면서 느낀 불편함, 혹은 예전의 직장 상사들처럼 내가 잘 납득할 수 없는 이유로 나를 마땅치 않아 하거나 부당하게 대우하는 사람에게 느끼던 부정적 감정이 과연 어떻게 달라질 수 있다는 걸까?

스피노자의 말처럼 감정도 자연의 보편적 법칙과 규칙에 의해 생겨난 사물이라면, 일단 생긴 감정이 백지 상태로 돌아갈 수는 없을 테고 내가 공부를 통해 만들어낸, 이전과 다른 '차이'와 결합해 다른 어떤 것으로 변하는 것이라고 짐작해볼 수는 있겠다. 그런데 내가 아무리 '새로운 차이'를 만든다고 해도 이전의 그 부정적 감정이 어느 날 갑자기 상대에 대한 호감이나 공감으로 바뀔 수 있을까? 그런 일은 결코 가능할 것 같지가 않은데, 이 문제를 풀어서 나도 상대도 부정하지 않는 어떤 맑음의 상태에 도달하고 싶어하는 건 또다시 '좋음'의 이미지에 휘둘린 욕심이 아닐까.

게다가 만약 '나와 다름'으로서의 차이를 이해하고 그 결과로 상대에 대한 '공감' 내지는 '관계의 회복'에 도달하는 것이 목적이라면 '저항'이나 '싸움'은 대체 어디서 의미나 방법을 찾아야 하는 것일까? 누구나 알다시피 세상에는 분명하게 저항해야 하고 싸워서 해결할 수밖에 없는 일들이 있다. 너무나 부당한 일이 많고, 제 잇속을 챙기기 위해 아무렇지 않게 약자들의 삶을 짓밟는 인간들이 널렸으며, 그런 인간이 법적으로 문제없이 이익을 챙길 수 있도록 작동하는 시스템이 존재하고, 겉으로 멀쩡해 보이는 사람 안에도 허위와 위선이 가득하니 말이다.

예를 들어 그런 부당한 시스템 속에서 하나의 부품으로 작동하는 개인이 나와 관계를 맺고 있는 사람이라면, 그 사람을 어떻게 구조와 분리해 그에게 공감하거나 싸움을 하거나 할 수 있다는 것일까. 뭐 멀리 갈 것도 없이 이런 문제는 당장 나 자신과의 관계에서도 해당되었다. 내가 비록 '이현옥'이라는 이름으로 하나의 신체를 가지고 살고 있기는 하지만, 그때그때 내가 처한 조건과 상황에 따라 나는 계속 다른 모습으로 드러나고, 그중에는 따뜻하게 보듬어야 할 '나'도 있지만 싸워야 할 '나'도 분명히 있는데, 그 각각의 나를 어떻게 분리해서 긍정하고 부정할 수 있을까.

책을 써야겠다고 처음 생각한 게 4년 전이었는데, 이런 생각을 하자마자 만약 저런 문제를 풀 수 없다면, 그런 상태로는 도저히 뭘 쓸 수 없겠다는 생각이 들어 기운이 빠졌던 기억이 난다. 그 이후에도 저 문제는 내가 과연 글을 쓸 자격이 있는지를 스스로 판단해보는 잣대가 되었다. 아직 모르겠어, 아직 아니야, 조금은 알 것 같지만 그래도 아직은 아니야….

이 어려운 문제를 풀려면 나를 그토록 괴롭히는 그 '차이'라는 것의 정체가 무엇인지부터 따져봐야 했다. 차이는 대체 어디서 생겨나는 것일까? 근데 뭐 복잡하게 생각할 것도 없이 '나'와 '너'의 사이 공간에서 출생하는 게 그동안 내가 생각해온 '차이'다. 이렇게 써놓고 보니 여자와 남자 사이에서 출생하는 '아이' 같은 게 차이라는 느낌이 문득 들지 않나? 그런데 어째서 '아이'는 그야말로 두 사람의 차이가 만들어낸 창조물로서의 '새롭고 귀한 차이'라는 느낌이 드는 반면, 내가 너에게서 느끼는 차이는 치워버리고 싶은 괴물처럼 느껴지는 것일까? 그렇다면 혹시 '차이'라는 것 자체가 문제가 아니라, '내가 느끼는 차이'가 문제인 걸까?

공부에 매진하기 전부터 무수히 고민했지만 실마리도 잡을 수 없었던 이 문제를 풀려면 정말이지 공부가 필요했다. 그리하여 내가 '차이'를 이해하기 위해 반복해서 읽으며 참조한 텍스트는 스피노자의 『에티카』, 들뢰즈의 『차이와 반복』, 니체의 여러 텍스트(『선악의 저편』, 『도덕의 계보』, 『아침놀』, 『우상의 황혼』, 『차라투스트라는 이렇게 말했다』, 『이 사람을 보라』), 그리고 들뢰즈가 쓴 『니체와 철학』 등이다. 내 생각에 저 텍스트들은 논리를 전개하는 방식은 다르지만 몇 가지 공통으로 하는 이야기가 있었다.

우선, 인간이 이 우주에서 결코 특별하거나 중심적인 존재가 아니라는 점인데, 이런 전제는 '나는 (인간으로) 존재한다. 그러므로 (당연하게) 사유한다'는 데카르트의 익숙한 공리를 거부한다. 나이를 먹고, 학교를 다니고, 많은 것을 경험한다고 해서 저절로 성숙한 어른이 되는 것이 아니듯 단지 인간이라는 이유로 저절로 사유를 하게 되지는 않는다는 거다. 왜냐하면 '사유'란 원인에 대한 이해인 반면에, 대다수 사람은 원인을 모르는 채로 관계의 결과만을 의식하기 때문이다. 나 역시 온갖 외부(날씨, 먹을 것, 주변의 환경이나 사람 등등)와의 마주침을 감각하고 그 관계에서 어떤 감정을 느끼는 나, 그 감정 때문에 변하고 있는 신체를 의식하는 '나'가 있었을 뿐인데, 이를 곧바로 '생각하는 나'로 착각하며 살아왔음을 비로소 알게 된 순간이었다.

두 번째 공통점은 인간은 '변하지 않는 본질이나 정체성'을 가진 존재가 아니라는 점이다. 물론 각자 타고난 성향이나 기질이 있겠지만 그 역시 변함없이 유지되는 것은 아니며 자신이 처한 역사적이고 사회적이며 문화적인, 그리고 개별적인 조건에 따라 끊임없이 변해가고 매번 다른 모습으로 표현된다는 것. 또한 이때 드러나는 그 모습을 결정하는 원인도 '내가 의식하는 나'(내가 되고 싶은 모습으로 변하게 할 수 있는 의지로서의 나)가 아니라, 내가 살림을 우선순위에 두도록 결정되었을 때처럼 '나도 잘 모르는 힘들 간의 관계'(책임과 의무를 다해야 마땅하다는 도덕의 힘과 공부에 우선순위를 두고 싶다는 욕망의 힘과의 관계)라는 거다.

어릴 때 반복해서 받았던 교육이 나에게 남긴 흔적, 이 시대에 통용되는 도덕이나 상식, 매스컴이나 온라인상에 자주 오르내리는 유명 인사나 전문가가 끼치는 영향이나 종교적 영향, 혹은 언젠가 책에서 읽고 깊이 간직했던 이념이나 가치 등등이 뒤엉켜 나를 움직이려 겨루고 있는 상상을 하니, 이 순간에 이런 모양으로 드러나는 내가 어째서 그러한지를 다소나마 이해할 수 있었다. 결국은 강한 힘이 이길 테니까.

그런데 이처럼 내가 조건에 따라 변하고, 내 모습을 직접적으로 결정할 수 있는 것도 아니며, 더구나 나에게 일어나는 일에 대한 원인도 모르는 채로 결과만 의식하며 살고 있었다면 과연

'이게 바로 나'라고 주장할 근거는 어디 있는 걸까? 만일 '나는 이런 사람이니까 내가 기준이고 옳다'라고 주장할 근거가 그 어디에도 없다면 동시에 누군가를 '옳지 않다'라고 말할 근거도 없어지는 셈인데, 그렇다면 '내가 너에게 느끼는 차이 때문에 불편하다'라는 감정 역시 그 근거를 잃게 되는 것 아닌가? 왜냐하면 그 차이가 당신과 나의 사이에서 생긴 건 분명하지만, 내가 그걸 '불편하다거나 좋다'라고 느낄 때의 기준은 '나'였으니 말이다. 분명 이 차이는 기준점에 따라 다르게 느껴질 수밖에 없다. 나의 관점에서 보느냐, 너의 관점에서 보느냐, 혹은 제3자의 관점에서 보느냐에 따라서. 그러므로 차이가 그 자체로 문제인 게 아니라, 내가 나를 기준으로 느끼는 차이가 문제였다는 얘기가 된다.

어찌 보면 너무나 당연한 이 사실을 이해하는 게 왜 이다지도 어려웠을까? 이걸 제대로 이해하는 게 내 공부의 관건이라는 건 공부의 초기부터 느껴온 바였고, 관계에서 끊임없이 느껴지는 불편함도 딱 여기서 비롯된다는 것도 모르지는 않았다. 나는 원래 '이런 사람'이라는 무의식적 확신(자아의식) 속에서 그런 나와 다르면 이질감이 느껴지고, 그런 나를 누군가 부정하는 것 같으면 화가 나고, 그런 나의 이미지가 훼손되면 견딜 수 없어지고, 그런 나를 누군가 인정해주면 기뻐하면서 살아왔으니 말이다. 그러고 보면 공감은 상대에 대한 긍정이라기보다는 나 자신을 확인하는 절차였고, 내가 누군가에게 반감을 느끼는 것과 공감을 느끼는 건 결국 나를 기준으로 한 것이라는 점에서 그 맥락이 같았다.

이후로 나는 그놈의 '자의식'이 느껴질 때마다 적을 만난 듯 진저리를 치며 어떻게든 때려잡으려고 애를 써봤지만 그 질긴 그림자는 좀처럼 사라지지 않았다. 한참이 지나서야, 어쩌면 나는 긴 세월 동안 '너무나 소중하게 품고 살았던 나'를 놓고 싶지 않았던 게 아닐까. 자의식을 없애고 싶다는 그 욕망조차 자의식을 때려잡아서 '좀 더 폼 나고 근사한 내가 되고 싶다'라는 또 다른 '자의식'에서 생겨났던 게 아닐까 하고 생각하게 되었다.

자의식과 멀어지는 일이 이렇게 어렵긴 했지만, 그래도 내가 기준이 될 수 없다는 걸 확실히 알고 나니 꽤 많은 차이를 이전과는 다르게 느끼게 되었다. 거부감이나 극단적인 부정적 감정이 상당히 약화되었고, 서로의 입맛에 맞추어 공감해주면서 불편함을 주지 않는 관계가 곧 좋은 관계라는 등식도 사라졌다. 공감과 반감이 동시에 힘을 잃었다고나 할까.

하지만 이후에도 여전히 몇 가지 문제는 남았는데, 가령 이런 것들이다. 차이가 기준이나 관점에 따라 달리 판단될 수밖에 없다면 결국 너도 옳고 나도 옳고 하는 양비론이 되고 마는 것 아닐까? 변하지 않는 나는 없어도 관계 속에서 생겨나는 차이들은 여전히 존재하는데, 공감도 반감도 아니라면 이 차이들을 대체 어떻게 대해야 할까? '나'나 '너'가 기준이 아니라면 그 무엇이라도 기준점이 있어야 보듬을 차이와 싸워야 할 차이도 구분할 수 있지 않을까?

'나' 이전에
'차이'가
먼저 있었다

인연의 조건에 따라 끊임없이 변해가는 나는, 나와 다른 것으로서의 '차이'를 옳다거나 그르다거나 할 기준이 될 수 없다는 사실을 분명히 이해하고 나서도 여전히 남는 그 차이들을 어떻게 이해해야 할 것인가. 결론부터 얘기하자면, 이 질문에 대한 스승들의 한결같은 대답은 한마디로 '긍정'이었다. 차이는 나를 기준으로 공감되어야 할 것이 아니라, 차이 그 자체로서 긍정되어야만 한다는 것이다.

앞서 얘기했듯 '공감'은 '나'라는 존재를 기준으로 나와 유사한 신체에 대해서만 적용될 수 있는, 좀 더 노골적으로 얘기하자면 '나를 확인하기 위해 필요한 당신에 대한 인정'이며, 당신이 나의 기준에 어긋날 때는 언제라도 대립이나 반감의 감정으로 변할 수밖에 없는 '사심 가득한 감정'이다. 따라서 '공감'은 나와 '같은 편'의 작은 차이만을 가까스로 감당할 수 있다.

그렇다면 '긍정'은? 예스, 오케이! 이 또한 '공감'처럼 너무나 많이들 하는 말이고, 쉽게 들을 수 있는 말이다. 좋아, 네 말이 맞아, 네 얘기에 동의해, 그럴 수도 있지 뭐, 걔도 그럴 만해서 그랬겠지 뭐, 좋은 게 좋은 거 아니겠니?, 사는 게 다 그런 거지 뭐, 화를 낸다고 뭐가 달라져?, 건강할 때 맛있는 거 먹고 재미나게 사는 게 최고지, 인생 별거 있어?, 나는 네 입장 충분히 이해해!, 지금은 힘들어도 앞으로는 꽃길만 걷게 될 거야, 희망을 가지고 살아야지, 그래도 세상엔 선한 사람들이 더 많고 아직 세상은 살 만한 곳이야!, 너보다 어렵고 힘든 사람들도 많잖아, 이만하면 우린 행복한 거야 등등. 이런 것이 그동안 내가 자주 들어온 이른바 '긍정'의 말들이었다.

하지만 저런 게 정말로 '긍정'일까? 불평과 비판을 구분하지 못하던 시절에도 저런 방식의 긍정은 어쩐지 무력하고 허전하다는 느낌만은 분명했다. 실제로 무엇 하나 해결할 힘이 없을뿐더러 이상하게도 저런 말의 뒤끝에서는 언제나 짠한 쓸쓸함이나 슬픔 같은 게 느껴지곤 했다. 고통스럽고 힘들게 느껴지는 현실을 똑바로 보는 대신 눈 가리고 아웅 하는 것 같기도 하고, 힘없는 사람들이 끼리끼리 모여 서로를 위로하는 모습 같기도 해서 말이다.

그런데도 저런 허약한 긍정이 공감보다 낫다고 할 수 있을까? 저런 긍정은 결국 공감의 다른 얼굴이 아닐까? 위대한 스승들이 얘기하는 '긍정'은 아무래도 저런 모습은 아닌 것 같다. 우리에게 진짜 필요한 긍정은 눈에 보이는 곳만 겨우 가리는 얇은 천 같은 긍정이 아니라, 깊고 넓은 품으로 모든 차이를 싸안는 그런 긍정이어야 할 것 같은데, 그런 긍정이 정말로 존재할까? 존재한다면 그런 긍정은 어떤 방식으로 차이를 품는다는 것일까?

사실 이 문제는, 충분히 아는 것도 아닌 내가 이렇게 거친 언어로 간단히 말하기에는 너무나 어렵고 심오한 문제이며, 어쩌면 인간의 가장 긴요하고도 오래된 숙제가 아닐까 싶기도 하다. 솔직히 요 몇 줄 써내는 데도 시간이 많이 걸렸고, 지금도 선명하게 전달할 수 없다는 걸 고백할 수밖에 없다. 하지만 아무리 대단한 문제라도 내 삶과 상관이 있는 한은 내 문제가 되어야 하고, 부족하고 미숙하나마 내 방식으로 풀어갈 수밖에 없으며, 이렇게 더듬더듬이라도 내 언어로 얘기해 보지 않는 한에서는 결코 답을 구할 수 없다는 것을 이제 나는 안다. 내 마음에 일어난 희미한 질문은 반드시 내가 형체를 부여해 구체적으로 만들어야 하고, 그 질문을 풀기 위한 소정의 과정을 거쳐야만 나름의 답을 구할 수 있다는 것, 스승의 질문이나 문제의식을 그대로 내 것으로 가져오거나 스승들이 내린 결론에 공감하고 그걸 내 문제의 답으로 받아들인다고 해서 내 신체가 변하지는 않는다는 것을 말이다.

이건 나에게 너무나도 긴요한 문제였다. 왜냐하면 내 힘으로 어찌해볼 수 없는 커다란 차이 앞에 설 때마다 나는 잘 살아보고 싶은 의욕을 잃었고, 너무나 외롭고 고단해 그만 이 삶에서 뒷걸음질 치고 싶은 우울감을 느끼곤 했는데, 이거야말로 내가 살면서 느끼는 가장 깊은 슬픔이었기 때문이다. 나중에야 이게 바로 니체가 얘기한 허무주의(데카당)의 전형적 징후이며, 허무주의는 삶을 '있는 그대로' 긍정할 수 없는 데서 생겨나는 부정적 감정이라는 것을 알게 되었다.

그런데 바로 여기, 차이를 감당할 수 없는 내가 허무주의에 빠졌고 그건 곧 삶을 긍정할 수 없어서, 다시 말해 삶을 부정하기 때문에 생기는 감정이라는 저 서사를 잘 뜯어보면 스승들이 이야기한 '긍정'의 의미가 얼굴을 드러낸다. 그러니까 긍정의 대상은 주변의 몇몇 인간이 아니라 '삶 그 자체'였다. 그것도 내가 적당히 미화하거나 희망을 가지고 상상한 삶이 아니라, 현실 속에서 가감 없이 드러나고 있는 그 모습 그대로의 삶이며, 그런 삶을 긍정할 수 있을 때라야 온갖 차이를 포용할 수 있다는 이야기다.

하지만 있는 그대로의 삶에는 차이가 그득하고 그 차이로 인한 고통이 넘친다. 애초 차이 때문에 고통이 생겼고, 그게 고통스러워 차이를 감당할 수 없는데, 그 모든 걸 긍정하라고? 대체 어떻게?

이 엉킨 실타래를 풀기 위해서는 어설프게나마 내 언어로 정리를 해보는 수밖에 없다. 내 생각에 삶이 포함하는 가장 큰 문제는 결국 고통이 아닐까 싶은데, 이 고통은 '차이' 때문에 생기며, 차이는 인간이 저 혼자 존재할 수 있는 자립적 존재가 아니라는 사실로부터 탄생하는 것 같다. 즉 인간은 관계 속에서만 존재할 수 있다는 것. '나'라는 인간도 부모의 정자와 난자라는 차이들의 만남에서 시작되었고, 자궁의 환경이나 탯줄을 통해 들어오는 음식과의 관계 속에서 몸집이 구성되어 태어났다. 그렇게 구성되어 60년 이상을 살아온 내가 그 이후로 맺은 관계도 따져보면 따져볼수록 무수한 차이들과 관계를 맺는 과정이었다. 아, 그런데 나의 역사가 곧 관계의 역사라는 데에 생각이 미치고 보니 그동안 내가 생각해온 '차이'의 개념에 문득 의문이 생겼다.

그동안은 '나'라는 개인이 먼저 있어서 내 의지로 너와 관계를 맺고, 나와 너 사이에서 생기는 게 차이라고만 생각했었다. 그래서 '나'를 기준으로 놓고, 나와 너 사이에서 생긴 차이를 분별했고 내가 동의하거나 봐줄 만한 차이에만 '공감'이라는 최소한의 긍정을 할 수 있었던 거다. 그런데 이제 보니 '나'가 먼저가 아닌 것 같다. 내가 세상에 태어나 '이현옥'이라는 이름을 얻기 1년 전에 이미 정자와 난자로서 차이들이 그 자체로 엄연히 존재했으니 말이다. 분명히 나 이전에 차이가 먼저 있었다!

재밌는 건 정자 없는 난자, 난자 없는 정자가 아무 의미가 없는 것처럼, 그 '차이들'이 개별적으로는 아무것도 아니라는 거다. 즉 엄마가 가진 차이는 아버지가 가진 차이와의 관계를 통해서만 이현옥이라는 새로운 차이로 발현될 수 있었으며, 이와 마찬가지로 세상의 모든 것은 모든 것에 대한 차이로서만 존재한다는 얘기가 된다. 그러니까 '차이'는 내가 생각했듯이 내가 먼저 있고 난 후에 너와 나의 사이 공간에서 생기는 게 아니고, 처음부터 '차이 그 자체'로 세상에 무한하게 존재하는 것이며, 그 차이들이 갖가지 방식으로 서로 만나 또다시 새로운 차이를 만들어가는 과정이 바로 나의 삶이었던 셈이다.

그러고 보니, 단지 나 자신을 기준으로 차이를 판단했다는 것만이 문제가 아니라 내가 먼저 있고 나서 차이는 그다음에 생긴다고 여겼던 게 문제였구나 싶다. 신기한 건, '차이'의 시작점에

대한 생각이 달라졌을 뿐인데도 그동안 '차이'를 생각하기만 해
도 묵직하게 나를 내리누르던 고통이 사라지는 느낌이 들더라
는 거다. 어쩌면 차이보다 내가 먼저라고 여겼던 이 착각이 차이
를 온통 고통으로 여길 수밖에 없게 만든 건 아니었을까?

내가 차이보다 먼저 존재한다고 여겼을 때는, 내가 기준이 될
수 없다는 걸 알면서도 모든 차이를 내 위치에서 볼 수밖에 없
었다. 달리 볼 수 있는 방법이 없었으니까. 또 하나의 애로 사항
은 차이가 반드시 어떤 '사람'의 얼굴을 하고 나타났다는 점이
다. 그 사람도 어쩔 수 없는 조건에 의해 그런 행위를 하고 있을
거라는 생각을 거듭 해봐도 결국 그 행위를 해서 나를 괴롭게
하는 사람은 바로 '그 사람'이었다. 그러니 아무리 애를 써도 '그
사람 탓'을 하지 않을 수 없게 되고, 분명 이게 아닌 것 같은데
헤어나지 못하고 있는 내가 또 한심해서 괴롭지 않을 도리가 없
었다.

그런데 이제 차이가 나보다 먼저 있었다는 걸 깨닫고 나니까,
제일 먼저 차이에서 얼굴이 지워졌다. 나를 있게 한 정자와 난
자에 아버지와 어머니의 얼굴이 있지 않고, 고구마의 씨앗에 고
구마의 형체가 없듯이, '차이 그 자체'는 바로 씨앗과 같은 것이
겠구나, 차이는 결과가 아니라 어떤 인연과 조건을 만나느냐에
따라 다른 모습으로 변화해갈 씨앗이었구나 하고 생각하니 '네

탓'이라 말할 수 있는 인격이나 얼굴이 지워지는 것이었다.

　나에게 일어난 어떤 사건에서, 그 일에 관계된 사람들의 얼굴을 지우고 나면 무엇이 남을까? 얼굴이 지워진다는 건 그 사람에 대한 온갖 고정관념과 기대 같은 게 동시에 사라진다는 얘기고, 그런 것들이 사라진 자리에 남는 것은 CT나 MRI로 찍은 사진과 같은 순수한 결과일 뿐이었다. 그렇다면 이제, 이런 결과를 만든 건 특정한 사람의 인격이 아니라, 스피노자가 이야기했던, 자연의 보편적 법칙과 규칙이라는 것을 이해하는 데까지도 나아갈 수 있지 않을까. 내가 단지 운이 없어서 암에 걸린 게 아니라 자연의 보편적 법칙과 규칙에 의해, 그럴 만한 원인과 과정을 통해 암이 나를 찾아왔다는 걸 이해하고 나서야 내 몸을 제대로 돌볼 수 있게 된 것처럼 말이다.

　그러므로 '차이'는 인간의 위치에서가 아니라, 스피노자가 신이라고 일컬은 '자연'의 위치에서 바라봐야 하는 것이었고, 모든 사물에 똑같이 적용되는 법칙과 규칙 속에서, 눈앞의 결과만이 아니라 그 결과를 만든 원인을 통해서만 제대로 이해될 수 있는 것이었다. 이렇게 얻어진 이해가 바로 스피노자가 강조한바 '적합한 관념'이며, 적합한 관념을 구해나가는 사유과정(원인과 과정에 대한 이해) 자체가 곧 삶에 대한 긍정이라는 것을 '차이'를 이해한 후에야 비로소 알게 되었다. 거칠게나마 정리해보자면

'긍정'은 '나를 중심으로 돌아가는 세상에 대한 공감'이 아니라 '나를 포함한 세상에 대한 인식'이며, '사물의 참된 질서에 대한 이해'였다는 것.

분명 '긍정'은 공감보다 훨씬 어렵고 더 큰 노력을 필요로 하는 일이다. 그럼에도 불구하고 내가 '긍정'의 역량을 갖고 싶은 건 '긍정'이 내 문제를 풀어줄 유일한 열쇠이기 때문이다. 왜냐하면 삶에 대한 긍정이 곧 나에 대한 긍정이며, 나를 긍정할 수 있을 때라야 네 탓이나 내 탓을 하며 허무주의에 빠지지 않고 활기차게 살아갈 수 있으니까. 또 하나, 이처럼 나의 자리가 아니라 자연의 보편적 법칙 아래서 사태를 바라볼 수 있을 때라야 내가 보듬어야 할 것과 싸워야 할 것도 선명하게 판단이 되더라는 거다. 사리사욕을 위해 자연의 보편적 법칙을 훼손하는 자들과는 반드시 싸워야만 하니까.

하지만 언제나 그랬듯이, 이렇게 엄청난 걸 알았다고 해서 단박에 내 신체가 변하지는 않았다. 방법은 스피노자가 일러주었듯 슬퍼하거나 노여워하거나 조롱하지 않고 다만 인식하는 것! 나의 감정과 말과 행위에 깊은 주의를 기울이며 쉼 없이 나아가는 거다. 경험상, 그 문제에 깊은 주의를 기울이다 보면 책을 읽을 때나 글을 쓸 때 문제를 풀어줄 꼬투리를 꼭 만나게 되고, 문제와 그 꼬투리가 만나 새로운 차이가 만들어졌다. 그 차이를 딛고 한 걸음 또 한 걸음, 그 걸음마다 나는 조금씩 더 강해지고 가벼워지고 명랑해졌다고 감히 이야기할 수 있겠다.

운명과 재수를 넘어설
유일한 방법,
능동적 기쁨

언젠가 한 친구가 내게 물었다. 너는 왜 돈을 벌거나 벌기 위한 준비를 하지 않고 그렇게나 오랫동안 공부라는 걸 하고 있느냐고. 물론 나를 비난하려는 의도는 조금도 없었고, 정말로 이해가 되지 않아서 하는 질문이었다.

글쎄 왜 그랬을까? 그때는 충분한 답을 해주지 못했는데 이제는 대답할 수 있을 것 같다. 돈을 벌어서 조금 더 좋은 음식을 사 먹는다든지 가끔은 외식을 즐기는 것도 좋겠지만, 내게는 날마다 '집밥'을 제대로 해 먹는 게 더 중요했다고. 이 얘기는 은유가 아니다. 나에게는 정말이지 네 아이와 하루하루의 일상을 꾸리는 일이 너무나 긴요했고, 그러려면 짜증이나 우울감에 먹히지 않고 하루하루 살아낼 기운을 잘 유지하는 것이 관건이었다. 그리고 그 기운을 빼앗기지 않을 방법 혹은 스스로 기운을 길어 올릴 방법을 구할 곳이 공부뿐이었다(물론 젊은 시절처럼 먹고사는 일이 내 어깨에 달려 있지 않았기에 가능했던 일이다).

몸이 아플 때는 일을 못하고 쉬는 게 당연하게 여겨지는 세상임에도, '오늘은 마음이 너무 아파 하루 쉬겠다'라는 결근 사유는 통용되지 않는다. 마음이 무겁거나 머리가 복잡한 건 몸이 아픈 것과 달리 뭔가 실제적이지 않고 일상적인 일을 해나가는 것과 별 상관이 없는 일이라고 여겨지는 것도 같다. 집 안이 어질러지면 치워야 하고 빨랫감이 쌓이면 세탁기를 돌려야 살아갈 수 있는데, 마음에 쌓이는 문제들은 보이거나 만져지지 않으니 대충 한구석으로 밀어놓거나 꾹 눌러놓으면 문제없이 또 살아갈 수 있는 것일까?

그렇게 살 수 있으면 좋겠지만 나는 정말이지 그게 어려웠다. 그게 어떤 문제이든 간에 풀리지 않은 채로 마음에 들어오면 딱 그만큼 몸이 무거워지고, 무거워진 만큼 기운이 빠져나간다는 사실을 꽤 일찍 눈치 챈 것 같다. 눈에 보이지는 않지만 '마음'이라는 공간도 물리적 공간과 비슷하지 않을까. 물건들을 제자리에 착착 정리하고, 먼지를 닦아내고, 불필요한 잉여를 치워버리면 집 안이 깔끔해지면서 기분도 개운해지는 것처럼 마음이라는 공간도 정리되지 않은 문제가 여기저기 처박히고 욕심이나 집착과 같은 잉여물이 쌓이면 실제로 무거워지고, 그것들이 정돈되고 치워지는 만큼 가벼워진다고, 언젠가부터 나는 믿게 되었다. 원래 내 마음에 가득 차 있어야 할 것은 삶을 긍정하고 기운차게 살아갈 충만한 에너지일 텐데 이런저런 짐이 하나둘 들어와 자리를 차지하면서 마음의 공간이 옹색해지면 그만큼 활기가 빠져나가고 몸까지 처지는 경험을 실제로 많이 하면서 이런 믿음이 생겨난 것 같다.

하지만 지금 어떤 문제가 들어와 내 마음이 무거워졌다는 걸 재빨리 알아챈다 한들, 그걸 해결해서 가볍게 만들지 못한다면 무슨 소용이랴. 그저 매사에 예민하게 불편을 느끼면서 남도 불편하게 하는 투덜이가 될 뿐이다. 이것이야말로 나의 오랜 문제였고, 남들에게 비치는 나의 이미지이기도 했는데, 이 문제 역시 스피노자를 통해 해법을 찾아가는 중이다.

스피노자에 대해 뭘 안다고 내놓을 주제는 여전히 아니지만, 경험상 스피노자의 감정 이론이 매우 간결하고 명쾌하며 신통하다는 것만큼은 자신 있게 얘기할 수 있다. 어찌 보면 우리가 늘 경험은 하면서도 놓치고 있었던 이치를 일목요연하게 정리해놓은 게 스피노자의 감정 이론이 아닐까 싶은데, 일종의 감정의

진단 키트 같은 거라고 말하면 스피노자 선생이 섭섭해하실라나? 아무튼지 나로서는 이 방식을 통해 그때그때 내 불편한 감정의 징후를 제법 정확하게 판단하고 마음의 짐을 덜 수 있었기에 이 좋은 이론을 나누고 싶은 마음이 아주 크다.

앞서도 얘기했듯이 스피노자는 세상의 모든 사물은 예외없이 자연의 보편적 법칙과 규칙에 의해 결정된다고 보았으며, 인간의 감정 역시 그런 사물 중 하나다. "증오, 분노, 질투 등의 감정도, 그 자체로 고찰한다면, 다른 개개의 사물들과 마찬가지로 자연의 필연성과 힘에서 생겨난다. 그러므로 이러한 감정들은 일정한 원인이 있거니와 그 원인을 통하여 인식될 수 있다"라고 했던 스피노자의 이야기를 다시 한번 기억해보는 것도 도움이 될 것 같다.

한마디로 감정은 '관계 속에서만 존재할 수 있는 우리가, 그 관계와의 만남의 결과로 어떻게 변화했는지를 나타내주는 지표' 같은 거라고 보면 좋을 듯하다. 감정이 나타내는 변화는 크게 세 가지 방향을 갖는데, 만남의 결과로 현재 상태보다 에너지가 증가하면 기쁨이고 에너지가 감소하면 슬픔이며, 그 결과가 어떤 욕망으로 느껴지기도 한단다. 사실 살면서 늘 겪어온 일이었을 텐데도 이런 식으로 생각해본 적은 없는데, 맛있는 걸 먹거나 잘 통하는 친구를 만나거나 인정을 받을 때는 내가 애초 가지고 있던 에너지에 그 만남(맛있는 음식이나 친구)이 준 에너지가 더해져 실제로 나의 활동 역량으로서 힘이 커졌기 때문에 기쁨을 느끼게 된다고 하니 너무나 명확한 이치였다. 반대로 슬픔(미움이나 분노, 질투, 실망)을 느낄 때는 그만큼의 에너지가 내 신체에서 빠져나가므로 예전의 내가 빈번히 그랬듯 기운을 잃고 가라앉게 된다. 이런 경우에 내 신체는 빼앗긴 에너지를 어떻게든 되찾기 위해 본능적으로 애를 쓰게 되는데, 슬픔의 원인을 상대 탓으로 돌리거나 자신이 했던 후회되는 행위를 합리화하는 등의 행위가 바로 그런 노력의 하나였던 것이다. 물론 원인에 대한 이해가 없는 상태에서 네 탓 혹은 내 탓을 한다거나 합리화하는 방식으로 효과를 볼 수는 없지만 어쨌거나 스스로 어리석다고 생각했던 그런 행위조차 내가 못나서가 아니라 살기 위한 본능, 즉 자연의 보편적 법칙에서 생겨난다는 게 큰 위안이 되었다.

스피노자의 감정 이론에서 내가 가장 놀라움을 느낀 부분은, 내가 느끼는 기쁨과 슬픔에 절대적 기준이 없다는 것, 즉 감정은 끊임없이 이행할 뿐이라는 점이었다. 하나의 예로, 예전에 우리 아이가 입원했던 병동에 백혈병 어린이 병동이 함께 있어서, 무균실 병동 앞 복도 의자에서 쪽잠을 자며 아이들을 돌보던 엄마들과 가까워질 기회가 있었다. 날마다 생사를 넘나드는 자식을 지켜보는 엄마는 그저 슬픔만을 느낄 거라고 생각했는데, 아침 검사에서 아이의 백혈구 수치가 조금만 올라가도 온종일 활기가 넘치는 엄마들을 보면서 '감정이 이행한다'라는 게 이런 거구나 절감했던 기억이 난다.

그렇다면 온종일 많은 사람을 만나 물건을 팔며 다이내믹하게 감정 변화를 느끼는 시장 아주머니들이 그 누구보다 활기찰 수 있고, 우리가 보기에 돈이나 명예 등 모든 걸 다 가진 사람이 오히려 슬픔을 더 많이 느낄 수 있다. 왜냐하면 돈이나 명예 같은 것을 통해 얻을 수 있는 기쁨을 전부 맛본 사람에게 이전과 비슷한 상황은 더 이상 기쁨이 되지 않을뿐더러 더 강력한 무언가가 제공되지 않으면 오히려 슬픔으로 이행해 활기를 잃게 될 것이기 때문이다. 그러고 보면 더욱더 강도 높은 기쁨을 찾아 헤매면서 마약이나 섹스 같은 것에 탐닉하는 드라마 속 재벌 2세의 모습도 꼭 허구만은 아닌 듯하고, 저렇게 힘들어서 어찌 사나 싶은 사람도 다 살아가는 이유는 있는 거였다.

사실 스피노자를 알기 전까지 내 머릿속에는, 요 정도의 돈은 어쨌든 필요하고, 아이들이 요만큼은 커줬으면 좋겠고, 남편은 나한테 적어도 여기까지는 해줘야 내가 기쁨이나 행복을 느끼며 살 수 있겠다는 기준이 어렴풋이 있었다. 하지만 알고 보니 자연의 보편적 법칙 안에 그런 기준 따위는 없었다. 감정은 오로지 한 사람의 신체가 현재 상태를 기준으로 오르락내리락 이행하며 만남의 결과로서 갖는 에너지의 상태를 표현할 뿐이므로, 세상에는 불행하기만 한 사람도 행복하기만 한 사람도 없다는 것을 분명히 알게 되어 진심으로 기뻤다. 세상은 이다지도 불공평하고, 빈부 격차를 비롯해 온갖 차별도 갈수록 심해지고 있지만, 자연의 보편적 법칙과 규칙은 한결같이 정직하게 작동하고 있다는 데 깊은 안도감을 느끼면서, 어쩌면 이런 게 우주적 차원의 정의가 아닐까 하는 생각도 해보곤 했다.

그러나 아직 풀어야 할 문제가 남아 있었다. 절대적 기준 없이 누구에게나 기쁨을 느낄 기회가 있다는 건 물론 좋은 일이지만, 그 기회를 우연한 만남에 내맡길 수밖에 없다면 그 역시 불공평한 일이 아닌가? 그건 완전히 운이나 재수의 문제니까. 너그럽고 능력 있는 부모에, 빼어난 미모와 재능까지 겸비하고 태어난 사람이 그렇지 못한 사람보다 기쁨을 얻을 기회를 훨씬 많이 만난다는 걸 누구나 아는데, 그렇다면 자연의 보편적 법칙이 과연 공평하다고 말할 수 있을까? 또 내가 스피노자의 감정론을 통해 현재 슬픔을 느끼고 에너지가 떨어진 상태라는 걸 알았다고 해도. 그것만으로 무슨 소용이 있을까? 진단 키트가 아무리 정확해도 그 병을 치료까지 해줄 수 있는 건 아니니 말이다.

그렇다면 내가 가난하고 아픈 부모 밑에 태어났더라도, 혹은 돈도 없고 기댈 곳 하나 없는 처지에 어떤 불운을 만나거나 거대한 문제 속에 처박혔을 때라도 기쁨을 느끼며 힘을 얻을 방법이 과연 있을까? 타고난 운명이나 재수를 넘어설 수 있는 그런 공정한 방법을 스피노자는 제시해줄 것인가?

예스! 이 문제에 대한 스피노자의 명쾌한 대답은 '능동적인 기쁨'이다. 앞서도 살펴보았듯, 기쁨과 슬픔의 모든 감정은 기본적으로 외부와의 만남에 의해 발생하는 수동적 정념이지만, '능동적 기쁨'이라는 예외가 있다. 평소 우리가 느끼는 기쁨은 외부에서 칭찬이나 인정 혹은 뭔가 좋은 것을 얻어 애초의 내 힘에 첨가되는 데 반해, 능동적 기쁨은 말 그대로 나 스스로 새롭게 생산한 역량이 원래의 내 힘에 덧붙여짐으로써 얻는 기쁨이다. 내가 진심으로 애를 써서 제대로 밥을 하게 되었을 때, 운동을 하면서 오랫동안 안 되던 동작이 문득 성공했을 때, 혹은 공부를 하면서 몇 달이나 무슨 말인지 몰라 끙끙대던 문장이 확 이해가 되던 순간에 느낀, 뿌듯함 같기도 하고 일종의 감격 같기도 한 그런 감정이 바로 능동적 기쁨이다. 이는 외부에 기대지 않고 내가 끌어올린 내 힘에 대한 자랑스러운 감정이었으며, 그렇게 얻은 힘은 그 누구에게도 어떤 슬픔에 의해서도 빼앗기지 않는다는 것 역시 스피노자를 통해 새삼 알게 되었다.

마지막으로, 스피노자의 감정론에서 내가 가장 멋지다고 생각한 바를 이야기기하고 싶은데, 그건 나에게 일어난 많은 일을 표면적 결과에 의해서가 아니라 그 원인으로부터 인식할 수 있을 때(나에게 암이 찾아오기까지 자연의 보편적 법칙과 규칙이 작용한 과정을 이해할 수 있을 때, 혹은 그 사건의 표면에 관여한 인물들을 넘어서서 씨앗부터 사물의 질서를 찬찬히 살필 수 있을 때) 가장 큰 능동적 기쁨을 얻게 된다는 사실이다. 이런 인식이야말로 자기 자신에 대한 혹은 자신이 포함된 세상에 대한 "적합한 이해"이기 때문에 스스로를 이해한 자신의 힘에 대해 기쁨을 느낄 수밖에 없다. 그리하여 내 힘으로 풀 수 없는 문제 속에서 허우적거리며 슬픔을 느꼈다 할지라도 그 문제가 드러나기까지 숨겨져 있던 질서를 이해하고 나면 그 슬픔이 능동적 기쁨으로 바뀐다고 하니 이보다 근사한 일이 또 있을까! "수동적인 감정은 우리가 그것에 대하여 뚜렷하고 명확한 관념을 형성하자마자 수동적이기를 멈춘다."[『에티카』 5부 정리3] 이는 결국 능동적 기쁨을 통해 힘을 기르는 데 공부만큼 좋은 방법이 없다는 이야기이기도 하다.

물론 능동적 기쁨을 느낀다고 해서 꼬였던 상황이 당장 짠하고 풀리는 건 아니다. 스피노자가 기쁨, 특히 능동적 기쁨을 그 무엇보다 귀중하게 여기는 것은 우리가 기쁨을 통해서만 활기를 얻을 수 있기 때문이며, 활기가 있을 때라야 정신을 차리고 생각을 해볼 수도 있고, 용기를 내서 다시 한번 어떤 일이든 시도해볼 수 있기 때문이다. 그리고 이렇게 생각하고 시도하는 과정에서 이전의 나와 다른 지점, 곧 차이가 만들어지고 능동적 기쁨을 느끼게 되며, 닥치는 문제를 해결할 역량 또한 커져간다. 이것만큼은 내 경험상 한 치의 거짓도 없는 진실임을 보증한다.

나의 노동은
어째서
가치를 인정받을 수
없을까

　지금까지 한 이야기로 충분히 설명이 되었는지는 모르겠지만, 그래도 내가 오래도록 품었던 질문 대부분은 나의 12년 공부 속에서 거의 실마리를 찾았다. 그리고 이제 내 인생의 중대사였던 '돈 문제'를 어떻게 풀었는지, 그 이야기가 남아 있다.

　돈과 관련한 두 가지 문제 가운데 일상을 꾸리는 중 생기는 돈과 관련한 불편한 감정, 즉 수입과 지출의 간극을 없애야 한다는 압박감, 소비를 줄여야 한다는 강박, 혹시라도 예상 밖의 일이 생겨 간신히 맞추어놓은 제로 상태에서 다시 마이너스 상태가 되지 않을까 하는 걱정, 돈을 벌지 못하는 자식들의 미래

나 우리 부부의 노후에 대한 초조함, 소비하고 싶은 욕망(나는 물 좋은 생선을 비롯해 탐나는 식재료를 볼 때 이런 충동을 강하게 느낀다)을 눌러야 하거나 엄마에게 풍족하게 용돈을 드릴 수 없는 데서 오는 갈증 등 한마디로 돈이 부족하다고 느끼는 데서 생기는 결핍감과 막연한 불안감은 역시 공부하는 과정에서 상당히 해소가 되었다. 물가는 오르고 수입은 늘지 않았어도, 대신에 힘이 조금씩 붙고 몸도 단단해지면서 마음이 느긋해지고 살림의 기술도 나아졌기 때문이다.

그렇지만 돈을 벌지 못하는 사람으로서 나의 위치에서 비롯되는 불편한 감정, 즉 돈과 관련해 나 자신의 힘을 느낄 수 없고 나의 가치가 인정되지 않아 생기는 감정은 아무래도 혼자서는 해결이 나지 않았다. 누가 내 씀씀이에 대해 잔소리를 하거나 눈치를 주는 게 아닌데도 스스로 당당하지 못하다고 느끼고, 그런 슬픔 때문에 가끔은 기운을 잃었다. 누군가에게 경제적으로 의존하고 있고, 이 관계를 떠나면 당장 홀로 존재하기 어렵다는 걸 알고 있는 데서 오는 열등감일 수도 있고, 상대적으로 힘의 관계에서 밀리고 있다는 열패감이었던 것도 같다. 부부가 되었다는 것만으로 관계가 동등해지는 것은 아니니까 말이다. 여기에 당장 돈을 벌 수 있는 그 어떤 능력도 갖고 있지 못하다는 '무력감'까지. 내가 살림에 공을 들이고, 할 수 있는 한 잘해보려 애썼던 이유 안에는 이런 열등감이나 무력감을 만회하고 싶다는 무의식이 포함되어 있었을 테고, 예전에 인정이나 보상 없이 활기차게 살림을 할 수 없었던 것도 같은 이유였다.

살면서 생겨난 다른 문제들은 그간의 공부와 글쓰기를 통해 웬만큼 풀 수가 있었는데, 어째서 이 문제만큼은 여러 번 시도해도 풀리지 않을까? 이런 불편한 감정이 생겨난 근본 원인은 무엇일까? 나는 그토록 많은 집안일을 성실하고도 멀쩡하게 해내고 있는데 어째서 나 자신의 노동에 대해 가치를 부여할 수 없었던 것일까?

표면적으로만 보자면 나의 노동이 돈과 연결되지 않기 때문이었다. 과정이야 어떻든 간에 세상이 최종적으로 인정하는 가치가 '돈'인 한에서 나의 노동은 가치를 인정받지 못한다. 오죽하면 한창 고민이 깊을 때는, 내가 남의 집 가사도우미 일을 하면서 돈을 벌어 그 돈으로 우리 집 일은 다른 가사도우미에게 맡기면 어떨까 하는 생각까지 해보았다. 그렇게 되면 내가 밖에서 번 돈은 다 남에게 주고, 집에 돌아와서는 또 여분의 집안일을 해야 할 테니 밑지는 장사임이 분명한데, 그래도 최소한 돈을 벌고 있다는 당당함은 느낄 것 같았고, 식구들에게도 일하는 사람으로 인정받을 수 있겠다 싶어서.

이것은 과도한 인정 욕망일까? 관계 속에서 살아갈 수밖에 없는 존재가 그 관계 안에서 의미와 존재감을 느낄 수 없다면 그래도 제대로 살고 있다고 얘기할 수 있을까. 적어도 좋은 삶이 아닌 것만은 분명하지 않나? 아무래도 돈과 나 사이에는 건널 수 없는 강이 있는 것만 같고, 그 차이는 '가치'라는 문제에서 비롯된 것 같았다.

그동안 나는 '가치'라는 말에 엄청난 의미를 부여하며 살아왔다. 애초 가치 있는 좋은 삶을 꾸리고 싶어 고민을 시작했고 질문도 품게 되었으니까. 가치 있는 인간이 되고 싶었으며, 아이들을 가치 있는 선택을 할 수 있는 사람으로 키우고 싶었다. 그때 내가 생각했던 '가치'란 무엇이었을까? 아마도 '그 삶'이나 '그 사람' 혹은 '그 물건' 안에만 담긴 고유한 특질 같은 것, 그것이 표면으로 드러나기까지 오랜 단련의 과정을 통해 응축된 어떤 강도(剛度) 같은 것, 혹은 그런 강도를 통해 발휘되는 쓰임새 같은 것을 막연하지만 '가치'라고 여겼던 것 같다.

이런 의미에서 보면, 그간의 삶을 통해 미미하게나마 단련의 과정을 거쳐온 나도 '가치 있는 인간'이며, 내가 가사노동을 통해 생산해내는 것들—가족들의 식사와 남편의 도시락을 비롯해 내가 담그는 장이나 김치, 식구들이 벗어놓기만 하면 깨끗이 빨아지고 개켜져서 돌아오는 옷가지들, 지저분해지고 더럽혀져도 말끔하게 정리되는 집 안까지— 모두가 나름의 가치를 포함하고 있다고 할 수 있다.

사실 60여 년을 살아오면서 돈에 대해 내가 취했던 태도는 양 극단의 두 가지였다. 갈망하거나 무시하거나. 간절하게 욕망하는 대상을 어떻게도 소유할 수 없을 때, 상대의 가치를 폄하하면서 까짓 너 같은 거 없어도 나는 얼마든지 잘 살 수 있다고 악을 써보는 꼴이었을 뿐, 정작 돈이 무엇이며 그 안에 어떤 가치를 담보하고 있길래 나를 이 모양으로 결정하는지에 대해서는 의문을 가져보지 않았다. 애초 돈이 지배하는 세상에 태어났고 지금까지 그 세상에 살면서, 내가 살고 있는 우물이 세상의 전부라고 믿었을 뿐, '돈'과 돈 안에 든 가치 역시 지금의 모습으로 형성되어온 역사가 있을 거라는 생각은 해보지 못했었다는 얘기다. 하지만 내 문제가 돈에 딱 걸려서는 거길 넘어가질 못하니 결국은 여기까지 밀려오고야 말았고, 이게 내가 오랫동안 엄두를 내지 못했던 마르크스의 『자본론』을 공부하게 된 연유다.

『자본론』은 자본주의 사회에서는 '가치'가 상품 형태로 나타난다는 사실에서 논의를 시작한다. 그러고 보면 돈이 담보한 가치라는 건 어떤 물건 즉 상품을 살 수 있는 가치(상품과 교환할 수 있는 가치)임이 분명해 보인다. 내가 살면서 돈에 대해 결핍감을 느끼는 이유도 따지고 보면, 살아가는 데 필요한 물건이 모두 시장에 상품으로 나와 있고(생필품은 물론이고, 살아가는 데 꼭 필요한 집, 심지어 무언가를 배우거나 아픈 몸을 치료하기 위해 이용해야 하는 시설까지도), 그 상품을 구매하려면 반드시 돈이 있어야 하기 때문이다. 생존을 위해 반드시 필요한 최소한의 식량이나 물, 전기, 연료 같은 것도 모두 상품이고, 얼마간의 거리라도 이동하고자 한다면 버스나 지하철 이용이라는 서비스 상품을 구매해야 한다. 그리고 보니 온통 상품으로 포위된 세상에 살면서 이 역시 한 번도 이상하다고 생각해본 적이 없었다.

인간의 노동을 통해 생산된 것이라는 점에서, 그리고 쓸모가 있다는 점에서 보면 상품에도 내가 가사노동을 통해 생산한 가치와 유사한 가치(사용가치)가 들어 있는 것 같은데 어째서 상품은 돈을 주고 사야만 하는 것일까? 예를 들어 내가 집에서 만든 김밥과 상점에서 파는 김밥의 차이는 무엇일까? 결국 상품이란 가치가 담긴 노동생산물인데, 이 가치는 단순한 '쓸모'를 넘어 시장에서 판매되어 이윤을 남길 수 있다는 의미에서 '가치'를 가리킨단다. 그러니까 내가 만든 김밥은 그냥 인간의 행위로서 노동의 생산물이므로 '가치'를 갖지 못하는 반면에 5,000원에 팔리는 식당 김밥은 노동이 상품에 들어가 '가치'가 된 형태라는 얘기다.

결론부터 말하면 '상품'은 자본주의와 더불어 '매매'(팔아서 이윤을 남기는 것)를 목적으로 탄생한 이상한(부자연스러운) 존재라는 것. 과거의 많은 공동체에서 자본주의가 발전하지 않았던 것은 그들이 미개해서가 아니며(공동체는 생존을 함께 도모한다는 의미. 즉 공동체원 모두가 굶어 죽는 수는 있어도 그중 누군가만 굶지는 않는다는 것), 또한 우리가 지금도 "가족이나 친한 친구들과 상품 매매를 하지 않는 이유는 상품이라는 존재가 이런 인간관계와 충돌하기 때문"이라는 것이다[북클럽자본 2권, 『마르크스의 특별한 눈』, 88쪽]. 그래서 『자본론』은 "자본주의적 생산양식이 지배하는 사회의 부는 방대한 상품더미로 나타나며, 개개의 상품은 부의 기본 형태다"[카를 마르크스, 김수행 옮김, 『자본론』 1(상), 43쪽, 비봉출판사, 2017]라는 문장으로 시작될 수밖에 없었던 것이고, 마르크스는 그렇게 상품을 분석하는 것으로 자본주의적 생산양식 비판을 시작한다.

솔직히 아직 별로 아는 것도 없는 내가 다 설명하기에는 상품에 숨겨진 가치의 세계가 너무나 방대하다. 하지만 자본주의 사회에서의 가치는 상품의 형태로만 드러날 수 있으며, 그 무엇이라도 우선 '상품화'가 되지 않으면 그 가치를 인정받기 어렵다는 것만큼은 분명하게 얘기할 수 있다. 그리고 하나 더 얘기하고 싶은 건 상품에 들어 있는 이 가치 역시 돈과 마찬가지로 그 자체의 힘이 아니라는 것, 즉 사회적 관계에 의해 상대적으로 결정된다는 점이다. 즉 한 상품의 가치는 다른 상품을 통해서만 표현된다. 예를 들어 자본주의 사회에서는 '노동력' 역시 하나의 상품인데, 이 노동력의 기본 값은, 구체적이고 현실적인 사정이야 어떻든 간에 사람들이 모두 동등하다는 전제하에, 다시 말해 남자나 여자나, 가난한 자나 부자나, 노인이나 젊은이나, 장애가 있는 자나 없는 자나 모두가 동등하게 '노동력'을 가진 개인으로 간주되어 통계가 나오고 중간 값(평균값)을 구해 결정된다고 한다(그것을 '추상노동'이라 한다).

노동이 가치를 인정받으려면 상품화에 성공해야 한다. 내가 집에서 하는 노동은 고유한 의미의 노동(도구를 이용해 원료를 변형시켜 새로운 물건을 만들어내는 활동으로서 인간이 자신의 고유한 정신적·육체적 능력을 발휘하는 과정)이고 그 노동을 통해 나는 '나만이 할 수 있는 고유한 질'의 가치를 생산하지만, 그럼에도 불구하고 나의 그 노동은 '상품'이 아니다. 나의 노동력이 '상품'이 아니라는 것, 아니 상품이 되지 못한다는 것은 곧 이 사회에서 돈으로 교환될 수 있는 능력이 없다는 의미이고 '무가치하게 여겨지는 인간'이라는 의미였다. '상품화될 수 없는 인간=무가치하게 여겨지는 인간'이라는 등식은 결코 은유가 아니다. 앞에서 증명되었듯 자본주의 사회에서 눈에 보이는 가치는 딱 상품에만 붙어 있으니까.

아무튼지 이제 '나는 돈을 벌지 못하는 자'로서 내가 느낀 열패감이 어디서 비롯한 것인지를 선명하게 이해하게 되었다. '사회에서 유통되는 쓸모 있는 가치를 생산하지 못하는 자'로서는 당연하게 느낄 수밖에 없는 감정이었다는 것, 그렇게 느껴지도록 이미 특정 원인에 의해 결정되어 있었다는 것을 이젠 인정할 수 있다. 또한 자본주의 사회에서 인정받지 못해 생기는 위축감을 식구들의 인정을 통해 다소나마 보상받고 싶어한 욕망 역시 생길 만해서 생겨났다는 것도 알겠다.

『자본론』을 통해 나를 이해하는 과정에서 또 하나 알게 된 것이 있다. 나 같은 전업주부만이 아니라 자본주의 사회에는 '상품'이 될 수 없어 가치를 인정받지 못하는 수많은 사람이 존재한다는 사실이다. '상품'이 되고 난 뒤 어떤 일이 생기는가(자본가는 자신이 구매한 노동력이라는 상품을 소비하는 과정에서 가능하면 많은 잉여가치를 취하기 위해 할 수 있는 바를 다한다)는 차치하고, 일단 상품이 될 수 없거나 되지 못하는 사람들이 있다. 장애인, 병약자, 노인, 이른바 "불법체류" 외국인, 성소수자(스스로 분명 남성인데 주민등록번호가 여성으로 되어 있어 취업을 하지 못하는 사람의 이야기를 얼마 전 다큐멘터리로 보았다), 이 외에도 내가 알지 못하는 수많은 사연과 이유를 지닌 사람들⋯ 이들은 흔히 자본주의 사회에서 '가치 없는 인간'으로 여겨진다. 살기 위해 필요한 모든 것이 상품인 세상에서, 스스로 상품이 되지 못하여 상품을 구매할 돈을 벌지 못하는 사람은 대체 어떻게 살아가야 하는 것일까?

자본주의의 근본 시스템이 이러하고, 자본주의 사회에서 가치가 이런 방식으로 결정되는 한에서는 아무리 인권을 외치고 평등을 이야기해도 공허한 메아리가 될 뿐이며, '복지 정책'이라는 것도 '가치 없는 딱한 인간'에 대한 동정이나 연민으로 전락할 우려가 있음을 이제는 확실히 알겠다.

지금껏 나는 내 문제를 푸는 데만 골몰해서 살았는데 이제는 그럴 수 없으리라는 느낌을 『자본론』을 공부하며 갖게 되었다. 아니 '내가 세상 쪽으로 확장된 느낌'이라고 말하는 게 더 정확할 듯하다. 난생처음 이 사회의 '가치 없는 사람들'에게 마음이 쓰인다. 그저 동병상련의 감정만은 아닌 것 같고, 아직 구체화할 수는 없지만 어떤 '문제'가 내 안에서 싹을 틔웠다는 것만은 분명하다.

그렇다면 돈과 관련한 그 어려운 문제를 내가 이제 풀었다고 말할 수 있을까? 당장에 뭐가 달라질 것 같지는 않지만, 원인을 이해했다는 것만으로도 나는 이미 능동적 기쁨을 통해 활기를 얻었고 그만큼 힘이 생겼다. 이제는 돈을 벌지 못해도 당당하게 살 수 있을 것 같고, 앞으로의 공부는 좀 더 세상 쪽을 향하게 될 것도 같다.

'앎'이 볕처럼 스며들던
시간에 관한 기록

우리는 모두 타의로 세상에 나온다. 의지와 상관없이 고스란히 세상에 던져진다. 다가오는 사람과 사물을 속수무책 받아들이던 어린 시절이 지나고 나면 우리 안에 서서히 의식이 생겨난다. 주위 사람들이 가리키는 대로 걸어왔던 '나'에 대한 의문이 솟는다. 왜 이렇게 살아왔는가? 사람들은 왜 내게 이쪽으로 가라 하는가? 대개 사춘기 혹은 청소년기라 불리는 시기에 시작되는 이런 질문은 갈수록 부피를 늘려간다. 나는 누구인가? 나는 무엇으로 이루어져 있는가? 앞으로는 무엇으로 나를 이룰 것인가? 강도의 차이가 있을 뿐 세상에 나온 인간은 모두 이 질문을 품고 살아간다. 누구는 옅고 뭉근하게 질문을 앓고, 누구는 뾰족하고 거칠게 질문의 공격에 몸부림친다.

『공부하는 사람, 이현옥』은 이 과정을 통과하며 인생을 반추하는 성장 서사라 할 만하다. 주어진 환경이 가리키는 대로 나아가던 작가는 어느 날 인식하기 시작한다. 자기 자신을, 그리고 자신을 둘러싼 공동체가 보내는 메시지를. 사회가 가리키는 곳을 쳐다보며 의문을 품고, 부모가 암시하는 방향에 물음표를 그린다. 왜? 도대체 왜 그래야 한단 말인가? 서서히 자기 자신과 조우하는 이 과정을 이현옥은 구체적인 물음으로 형상화한 뒤 집요하게 곱씹는다. 그것은 사회화를 거치며 제 특유의 결을 인식한 작가가 제 의지로 사회와 만나려는 지난한 몸짓이다.

'비장애 주류 남성'을 기본 값으로 설정해 돌아가는 한국 사회에서 장애인, 비주류, 여성은 이런 과정을 더 격하게 거치며 살아간다. 한국 사회가 제공하는 사회화의 과정에는 '아내' 혹은 '엄마'가 되어 맞닥뜨리는 삶에 대한 정보나 롤모델, 혹은 공동체가 도출한 합의가 거의 들어 있지 않다. 여성들은 12~16년에 걸친 교육과정 동안 자신이 임금을 받으며 일하는 임금노동자 또는 전문직 혹은 경영자가 될 것이라 가정하다가 어느 순간

197

결혼과 출산이라는 인생의 대사건을 맞닥뜨린다. 그리고 갑작스레 맞아들인 아내와 엄마의 역할을 해내느라 고군분투한다. 가사와 육아라는, 누구도 제대로 가르쳐주지 않았던 일을 맡아 소화하면서 청년기와 장년기를 고스란히 바친다.

작가 이현옥은 그 시기를 통과하며 품었던 의문을 하나하나 쓰다듬으며 답을 모색한다. '나'를 인식했던 최초의 순간부터 네 아이를 낳아 키우는 세월 동안 품게 된 근본적이고 다양한 의문을 곱씹으며 '나'와 '사회'가 만나 만들어낸 내면의 독특한 무늬를 응시한다. 심연을 향하는 이 질문이 발아하고, 개화하고, 완전히 성장한 모습을 갖추는 데 도움을 주는 것은 '공부'다. 이현옥은 먼저 왔다 간 인생 선배들이 남긴 질문과 답을 통해, 지금·여기를 함께 살아가는 동시대인들이 던지는 화두와 혜안을 통해 의문으로 점철된 자신을 정성스럽게 끌어안는다.

무지와 우연과 두려움이 있던 자리에 공부를 통한 '앎'이 볕처럼 스며드는 것을 지켜보는 독자는 어느 순간 제 인생을 돌아보게 된다. 서둘러 결론을 도출하려 들지 않는 자신감과 담백한 문장으로 탄탄하게 뒷받침된 이 이야기는 보편적인 성장 서사이면서, 동시에 이현옥이라는 개인의 유일 서사이다. 독자는 작가가 던지는 질문에 '내 말이!'라고 공명하면서도, 한편으로는 한 개별자가 뿜어내는 독특하고 대체 불가능한 내면의 결에 감탄하며 단숨에 이야기의 끝에 도달하게 될 것이다.

정아은(소설가)

공부하는 사람, 이현옥

지은이   이현옥

2024년 1월 15일 초판 1쇄 발행

책임편집   남미은
기획편집   선완규 김창한
표지디자인   형태와내용사이
펴낸곳   천년의상상
등록   2012년 2월 14일 제2020-000078호
전화   031-8004-0272
이메일   imagine1000@naver.com
블로그   blog.naver.com/imagine1000

ISBN   979-11-90413-64-0 03810